九尾狐家妃譚
～仔猫の褥～

Ami Suzuki
鈴木あみ

CHARADE BUNKO

Illustration

コウキ。

CONTENTS

九尾狐家妃譚 〜仔猫の褥〜

八緒《はちお》はもともと棄《す》て仔《ご》であったが、たまたま拾ってくれたのは、鞍掛《くらかけ》という古い家柄の公《く》卿《ぎょう》だった。

鞍掛家は斑猫《まだらねこ》の化身の一族であり、八緒がハチワレ柄の仔猫であったために、その公卿は流産したばかりの妻へのちょうどいい土産《みやげ》になると思ったのだ。

結局奥方は八緒にたいした関心を持たなかったが、以来八緒は鞍掛家の養仔《やしないご》になり、兄弟たちの末《すえ》っ仔《こ》のような、育ってひと型になってからは半分使用《しよう》にんのような、中途半端な立ち位置で暮らすことになった。

それから数年。

八緒は、瑞獣八家《ずいじゅうはっけ》の一つ、九尾狐王家《くびこおうけ》の世継ぎである焔来《ほむら》に引き合わされた。

種族や霊位によって寿命も成長速度も違うから、歳《とし》を比べることにはあまり意味がないとはいえ、八緒が焔来と同い年であったため、遊び相手候補に選ばれたのだ。

二人とも、まだとても幼かった頃のことだった。

金毛九尾《こんもうきゅうび》の狐《きつね》の化身――そう聞いてはいたものの、焔来はそれはそれは美しかった。

端整な白い貌《かお》も、十五夜の月の光を浴びてきらきら輝く毛並みも神々《こうごう》しいほどで、立派な袴《はかま》の尻《しり》から出ているふさふさとした豊かなしっぽは、本当に九本もあった。九尾の仔は、九尾狐一族でも直系、濃い血族婚以外では滅多に生まれないという。それは焔来の生まれながらの霊位の高さを表すものだ。

そして何よりも八緒を惹《ひ》きつけたのは、透きとおるような銀色の瞳《ひとみ》だった。

(珠《たま》のよう……)

八緒はそれまで、そんなにも綺麗《きれい》なものを見たことがなかった。

吸い込まれるように手を伸ばす。

その目のすぐ傍《そば》、頬《ほお》にふれた瞬間、てのひらが驚くほどひんやりとした。

(冷たい)

焔来の怜悧《れいり》な表情そのものだと思った。

焔来は目を見開く。同時に、焔来の侍従が八緒の手を振り払った。

「無礼者っ」

「ご……ごめんなさいっ、さわられるの、いやだった?」

九尾狐王家の世継ぎに対してこんな口の利き方は、ゆるされるものではない。けれども猫族はもともと格式ばったことが苦手で、家の中でも身分を問わず言葉はずいぶん砕けているのだ。

それでも今日は重々気をつけるように申し渡されて来たのだが、まだ仔どもだった八緒は咄嗟《とっさ》に対応できなかった。

目の前にいる少年に問いかければ、彼は戸惑いを浮かべる。

「いや、とかでなく……」

「よかった」

ほっとして、思わず八緒は微笑《ほほえ》んだ。

自分を見下ろす焔来の表情が、また少しだけ揺れた。ほんのわずかの変化なのに、何故《なぜ》だか八緒にはよくわかった。

「……そうではなく、俺にふれるのは無礼なことなのだ」

「どうして？」

「どうして、って……そういう決まりだからだ」

「じゃあ誰も焔来にさわらないの？」

呼び捨てを咎《とが》める侍従を、焔来は遮った。

「当たり前だ」

「可哀想《かわいそう》……」

自分より大きな焔来を、抱き締めてあげたいと八緒は思った。

それは焔来を自分に重ねてしまったからだったのかもしれない。鞍掛家で不自由のない暮らしをさせてもらっていたとはいえ、義両親は八緒を撫《な》でて可愛《かわい》がってくれたわけではなかったからだ。

のちに、焔来の両親もすでに他界していたのだと知った。彼は偉大な祖父と、父の後妻であった義母のもと、世継ぎとして手厚く、けれど過剰なほど儀礼的に育てられていたのだった。

焔来は、八緒のことをじっと見下ろしていた。

何を考えていたのかとあとで聞けば、

——小さいな、と思っていた

と、焔来は答えたものだった。

——身体も頭も小さくて、顔立ちも地味なのに、目とミミだけ大きくて不思議だったと。

「八緒……！」

たまりかねたように八緒を叱《しか》ったのは、義父だった。

「おまえは若君になんということを……っ」

自分が何をしでかしてしまったのか、八緒に理解できたわけではない。けれども大失敗をしたのだということはよくわかった。

焔来の「遊び相手」としては、きっと失格してしまったのだろう。

（このひとに、もう会うことはできないのか……）

そう思うと、にわかに悲しくなった。今宵《こよい》初めて会ったというのに、彼と一緒に遊べないことが、ひどく悲しかった。

けれどもその翌日には、八緒を焔来の遊び相手に、という正式な内示が九尾狐家から届けられたのだ。

——十五夜をともに見たのだから、十三夜もともに見なければ縁起が悪いと、焔来が言ったのだという。

それまで引き合わされた何《なん》にんもの仔どもたちと、八緒の何が違っていたのかは今でもわからない。

多数の候補たちに会って、もう飽《あ》いていたのかもしれないし、もしかしたら本当に縁起だけで選ばれたのかもしれない。

それでも八緒はその日から、焔来の遊び相手兼小姓《こしょう》として、彼に仕えることになったのだ。

九尾狐家の広大な敷地内には、九尾狐王である焔来の祖父と、義母の女院の暮らす稲荷御《いなりご》所《しょ》とは別に、焔来の住居である神仔宮《みこのみや》があった。

八緒はその片隅に部屋をもらい、一日中焔来につき従った。

早朝、起きるとまず自分の身支度を整えて、焔来を起こす。顔を洗わせ、着物を着替えさせ、朝食をともにとる。つまり毒見役だ。

最初はおとなの侍従の補助であったそれらの仕事は、やがて八緒がひとりでこなすようになった。

焔来と同じものを食さなければならない都合上、食膳《しょくぜん》に上るのは狐族の好物である油揚《あぶらあ》げや鶏肉《とりにく》などが多く、鞍掛でよく食べていた猫好みの焼き魚などはほとんど出なかったが、八緒は幼かったせいか、特に不満も持たずに適応することができた。

焔来が師について学ぶときには傍で一緒に講義を聞き、護身術――八緒にとっては焔来を守るための武術を教わるときも一緒に習い、散歩などにもつき添う。

娯楽の少ない神仔宮の中で、少しでも焔来が楽しめるように、鞍掛家で覚えた遊びを取り入れたのは八緒だ。

鞍掛の義兄《あに》たちに頼んで、遊び相手になりそうな良家の仔どもたちを集め、隠れ鬼や石蹴《いしけ》り、双六《すごろく》など。

――うるさいのは好かない
――そんなこと言って、焔来、負けるのがいやなんだろ？

最初は碁《ご》や将棋のようなもの以外娯楽に興味を持たず、むしろ邸内が騒がしくなるのが鬱《うっ》陶《とう》しそうだった焔来も、負けず嫌いなところをつついて誘ううちにには乗ってくるようになった。出すぎた真似《まね》を、と義母の女院に咎められたときにもかばってくれた。

初対面の十五夜以来、焔来自身が「焔来様」または「若君」と敬称をつけて呼ぶのをゆるさなかったために、八緒は彼のことを呼び捨てにしていた。敬語を使うこともゆるさなかったので、まるで友達のような口のききかたをした。おとなたちから白い目で見られ、ときには小言を言われるのは辛《つら》かったけれど、反面、彼と近くいられるようで嬉《うれ》しくもあった。

そんなふうにして幼年時代を過ごすこと十数年。

やがて焔来は、翰林院《かんりんいん》と呼ばれる学校へ入ることになる。

実際の年齢というより、より高度に専門的な学問を修める資格ありと見做《みな》されれば師に推薦されて、試験を受けるのだ。

女院は、八緒では翰林院に合格する力はないから、別の学友を選んで供をさせるようにと言ったが、焔来は聞かなかった。

——他《た》にんにずっと傍にいられるのは鬱陶しい。八緒でなければいやだ

焔来は、八緒のことを他《た》にんではないと思ってくれているのだろうか。

——それに、将来のためにも、八緒にもしっかり勉強してもらわなければ

八緒でなければいやだと言ってくれたのが嬉しくて、八緒は喜びを嚙《か》みしめる。それほど有能な近侍《きんじ》ではないのに、お世話に満足してもらえているのだと思った。それに将来のためということは、おとなになっても焔来はずっと八緒を傍で仕えさせてくれるつもりなのだということだった。

それから、焔来は自分のことは放って、八緒の勉強を見てくれた。八緒も毎日一生懸命勉強した。

その甲斐《かい》あって、もとより成績優秀な焔来は勿論《もちろん》、八緒もともに受験し、合格して入学許可を受けることができたのだった。

そして翌年に入学を控えた年の暮れ。

運命の分岐点はここにあった。

八緒は偶然にも、神仔宮を訪れていた女院と側近とが話しているのを聞いてしまうのだ。

「若君の御添《おそ》い臥《ふ》しの件は、まだお話しにならないのですか?」

と。

若君とは、焔来のことを指す。

九尾狐家では、翰林院の入学をもって仔をおとなと見做し、しかるべき相手を選んで初めての床入りを務めさせるしきたりなのだった。

(焔来の……焔来が誰かを抱く)

白い腕が焔来の首に緩やかに巻きつき、抱き寄せる。焔来が彼女に微笑みかけ、唇を寄せていき、やがて吐息が重なる。

そんな光景が瞼《まぶた》に浮かんだ瞬間、何故だか胸が締めつけられるように苦しくなった。たまらなくいやだった。

「候補は纏《まと》めてあるのですか」

「はい、こちらに」

かさかさと紙の擦《す》れる音がする。側近の挙げた候補を、女院が吟味している気配が、襖越《ふすま》しにも伝わってきた。

「皆、若君より五歳以上年長で、経験も豊かな狐族の女官です。見目も美しく、若君の眼鏡《めがね》にも適《かな》うと思われる者ばかりです」

女院には、どこかしら気乗りしないふうが窺《うかが》えた。

そう——焔来はまだ若い。このまま話が流れてはくれないかと八緒は思った。焔来が誰かと床をともにするのが、何故だかとてもいやだった。

けれども、そんな希望はすぐに打ち消される。

「……お気に召しませぬか」

「候補が気に入らぬわけではない。ただ……もし御添い臥しが仔でも孕《はら》んで面倒なことになったらと思うと、億劫《おっくう》なだけです」

彼女は、側近に問いかけた。

「あなたは、誰がもっともよいと思うのです」

「私は——」

側近が答えようとした瞬間、八緒の身体《からだ》は動いていた。

失礼します、と声だけかけて、襖を引き開ける。それがどれほど無礼なことであるか、頭から飛んでいた。

「八緒……！」

「私ではだめですか……⁉」

そんな言葉が口を突いて出た。

ふたりが目をまるくして八緒へ視線を向ける。

焔来の御添い臥しとして、自分などふさわしくないにもほどがある。身分だって年齢だって経験だって、まるで足りていない。何より、焔来と同じ男なのだ。

同じ狐の化身であるなら、男でも焔来の仔を産むことができる。それを考えれば絶対に男ではいけないということはないのかもしれないが、やはり女性であるに越したことはないだろう。

無謀な申し出だと、自分でもわかっていた。

それでも言わずにはいられなかった。

こんな真似をして、たとえ御添い臥しを仰《おお》せつかることに成功したとしてさえ、一夜だけの役割に過ぎない。「御添い臥し」というのは、新枕《にいまくら》の相手を務めたら、それで終わり。いずれ焔来は、しかるべき身分の狐族の女性を娶《めと》る。自分が焔来と添えるわけではない。

わかっていても——否、だからこそ、彼の初めての相手は自分が務めたかった。

（俺……焔来のことが）

好きだったのだ、と初めて八緒は自覚した。

何ごとにも真面目《まじめ》で一生懸命で、身も心も綺麗な焔来を、一生仕えるべき主《あるじ》として尊敬していた。誰よりも大切で、勿論大好きでもあった。けれどその「好き」にこういう意味まで含まれていたなんて、今の今まで考えたこともなかったのに。

「八緒……っ、若君の寵愛《ちょうあい》をいいことに、なんという無礼を」

叱りつけてくる側近を遮り、女院は言った。

「……本気で申しているのか」

「はい。勿論です」

「だが、おまえは……」

困惑した声が降ってくる。いたたまれなさに逸《そ》らしたくなる瞳を必死で彼女らに向けながら、八緒は続けた。

「お……俺は男だし、猫族ですけど、……間違って身籠《みごも》ったりしないという利点があります。それにどんな秘密でも守れます。病気も持っていませんし……」

必死で言い募る。

その程度の条件なら、当てはまる者はいくらでもいる。たいして有利にもならないとわかっていたが、他に何を言ったらいいかわからなかった。

彼女は側近と顔を見合わせた。そしてまた八緒に視線を戻す。

「焔来の気難しい性格を考えれば、初対面の相手よりはよく知った者のほうが巧《うま》くいくかもしれないが……」

「では」

「御添い臥しというものが、どういう役割を果たすのかわかっているのか」

「承知しております」

「焔来に閨《ねや》のことを教えてもらわねばならないのですよ。だからこそ、経験豊富な年上の女性が望ましいのです」

「……っ経験ならあります……っ」

八緒は言った。

彼女は再びひどく驚いた顔をした。それも当然だ。八緒は年齢的にもまだ若いし、ずっと九尾狐家に仕えてきて、そんな気配を感じたことなどなかっただろうから。

彼女の考えは正しい。

本当は、経験などあるわけがなかった。誰かと契《ちぎ》ることなど、今まで考えたことさえなかったのだ。

だが、未通だと悟られたら、そこで希望は絶たれてしまう。

「……誰と、と聞いてもかまわないのでしょうね」

「……鞍掛の……義兄の緑郎《りょくろう》と、つきあっています」

「緑郎と？」

彼女はこれにも驚いたようだった。

「はい……。兄弟とはいえ義理ですし……」

「いつから」

「……二年ほどになりますでしょうか」

勿論、すべて嘘《うそ》に決まっていた。

神仔宮に住み込みの身で、ひとづきあい自体がひどく限られた身では、対象になりそうな相手を他に思いつかなかったのだ。

けれども緑郎は八緒をいつも気遣ってくれて、義理の兄という以上に仲良く見えるとよく言われている。しかも彼は評判の色男だ。それなりの信憑性《しんぴょうせい》は感じてもらえるのではないか。

「……多数と経験したわけではありませんが、ああいう男とつきあってきたので……他の女性と遜色《そんしょく》はないかと自負しております……。焔来様の希《のぞ》むまま、なんでも教えて差し上げられます」

さまざまな性行為を経験したと言ったも同じだ。

顔から火が出そうだった。

だがこれくらいのことは主張しなければ、不利な条件を振り払えない。

「それで緑郎は納得するのか」

「私も彼も、九尾狐王家と焔来様への忠義第一ですから」

実際、鞍掛家は古くからの九尾狐家の重臣であり、緑郎は八緒が呼んだ、幼い頃からの焔来の遊び相手のひとりでもある。

「何卒《なにとぞ》、お考えいただけませんでしょうか」

八緒は畳に手を突き、深く頭を下げた。

1

こうして八緒は、焔来の「御添い臥し」の務めを勝ち取ることができた。

通達は、ふたりで碁を打っていた夜に来た。

八緒は飛び上がりたいほど嬉しくて、その表情を隠すのに必死にならなければならないほどだったが、焔来の反応を窺えば、彼はきつく眉《まゆ》を寄せていた。

途端に、思い切り膨らんだ気持ちが萎《しぼ》んでしまう。

(ああ……やっぱり焔来はいやなんだ)

しかたない。

焔来としてはきっと、綺麗な年上の女性を期待していたのだろうから。平凡な容姿の、同い年の痩《や》せた男などではなくて。

理解できるし、むしろ当然だと思う。それでも、八緒の胸は締めつけられた。

「何故、おまえが?」

稲荷御所からの使者が帰ると、焔来は聞いてきた。

「……ごめんな、不満だろうけど、我慢して……」

八緒は痛む胸をそっと押さえながら、焔来を宥《なだ》めようとする。けれども彼は八緒の言葉を遮った。

「何故おまえなのかと聞いている」

「あの……」

答えなければ、焔来は女院に聞くかもしれない。そうしたら、八緒が自分から希んだことが知れてしまう。いや、どっちにしてもいつかはわかることなのかもしれないが、成就する前に知られるのは困る。……そんなことになったら、焔来に拒否されるかもしれない気がした。

「……俺なら孕むことがないし、焔来に危害を加えるとか、そういう心配もないからさ。安全だからだと思う」

焔来は納得できないようだった。慣れない者ならそれだけで震え上がってしまいそうな視線を八緒に向けている。

「だが、御添い臥しというのは、男を識《し》っていて初めて務まるものだろう」

「うん……それは」

「誰だ」

「え」

「誰と寝た」

問いは低く繰り返される。

好きな相手に、他の男と寝たのだとは思われたくなかった。けれども未通だと知られるわけには、どうしてもいかない。

「誰って……、……緑郎と……」

結局、八緒は同じ嘘を繰り返すしかなかった。

「おまえたち、兄弟だろう⁉」

焔来はめずらしく声を荒らげた。兄弟で交合するということが、よほど生理的にゆるせないのだろう。彼を包む炎のように、怒りが目に見える気がした。

「あの……兄弟とは言っても、義理だし……」

「いつのまにそういうことになった？」

「……ごめん、先を越しちゃって。猫には御添い臥しなんてしきたり、ないからさ」

笑ってごまかそうとしてみる。いつもはそれで、ため息をつきながらも追及をやめてくれることの多い焔来だが、今回は少しも場が和《なご》むということがなかった。

「何故言わなかった」

「何故って……ええと、……敢《あ》えて言わなくてもいいと思って……」

「はっ、おまえにとって、俺はその程度ということか」

「ちが……っ」

これまで見たこともない顔で自嘲的《じちょうてき》に嗤《わら》う焔来に、八緒は焦った。そういうつもりで答えたわけではなかったのだ。

「そんなんじゃなくて、ただ焔来は興味ないだろうと思って……っ」

こうして話していてもそうだが、焔来には潔癖症のきらいを感じるくらいなのだ。八緒が妖艶《ようえん》な女性を褒めたりする程度でも、彼はいやがる。色恋沙汰《ざた》に興味があるとはとても思えなかった。

「決めつけるな」

「……ごめん……」

焔来の追及は続く。

「……あいつのことが、好きなのか」

「ま、まあ」

八緒は目を逸らし気味に答える。つきあっていることになっている以上、好きでなければおかしいだろう。実際には、緑郎には義兄として慕っているという以上の感情は、覚えたことはないのだが。

「あいつのことが好きなのに、俺の相手をするのか」

「それは……」

誰とでも寝るような尻軽だとは、焔来にだけは思われたくない。

「……だって……、それとこれとは違うじゃん……」

「どう違う」

「……だから、これは御務《おつと》めなんだしさ……好きとか嫌いとか、そういう話じゃないだろ」

焔来の視線はますます冷たくなるばかりだ。

「あの……俺、一生懸命務めるから。……ね？」

どうしたらいいかわからないまま、八緒は焔来の顔を覗《のぞ》き込んだ。焔来は冷ややかな銀の瞳で見下ろしてくる。八緒は泣きたくなった。

「……どうしても、俺とじゃいや？」

だとしたら、八緒は御役目《おやくめ》を辞退するしかない。

必死で勝ち取ったものだけれども、焔来がいやがっているのに、無理に同衾《どうきん》してもらうわけにはいかない。焔来の新枕を悪い思い出にはしたくなかった。

沈黙ののち、焔来は口を開いた。

「……。……いやだとは言っていない」

本心なのか……それとも、御添い臥し役を拒否されれば困る八緒の立場を思いやってくれたのだろうか。

冷たく見えても、焔来が本当はやさしいことを、八緒は知っている。

「だが別れろ」

と、彼は言った。

「え」

「別れろ。……過去のことは言わん。だが、初めての閨の相手が、他の男とつきあっているのはいやだ」

「——……」

恋びとのいる相手は、抱きたくない、だから別れろと言っているのだ。

なんという我儘《わがまま》な、と思うべきなのかもしれない。自分の都合で恋《こい》びと同士を引き裂こうなんて。

それでも八緒には、そんな焔来の潔癖さがひどく愛《いと》おしく思えた。

こんな焔来でも、好きなひとと新枕を交わすことはできないし、もう何年かすれば、自分で選んだわけでもない相手と結婚しなければならない。誰もが羨《うらや》む高貴な生まれでも、義務や責任、しきたりに搦《から》めとられ、自由でいられない焔来が、八緒は不憫《ふびん》だった。少しでも彼の希望に近づくようにしてやりたいと思う。

「……わかった。別れる」

本当はつきあってなどいないし、別れるも何もないのだけれど。

一番大切な主で親友の焔来に、嘘ばかりついてしまう。申し訳なさと後ろめたさに胸が詰まる。

（……このことが終わったら、もう絶対焔来に嘘はつかないから。死ぬまで忠実な、焔来のしもべでいる）

だから今度だけ、ゆるして欲しいと願う。

「本当だな」

「うん」

「ではすぐに絶縁状を書け」

「ぜ、絶縁……っ？」

強い言葉に愕然《がくぜん》とする。

「……それは……、……世話になっている家のひとだし……」

緑郎の両親は、棄て仔だった八緒を拾って養仔にしてくれたひとたちだ。彼らに拾われることがなかったら、焔来にだって出会うことはなかった。

「……あの、でもちゃんと別れるから……！　絶対！」

「いつ」

「明日……！」

このまま役目を降ろされたくなくて、八緒は必死に言い募る。焔来は銀色の瞳でじっと見下ろしてくる。

「いいだろう」

やがて彼は言った。

「明日の昼間、暇《ひま》をやる。必ず別れて戻ってこい」

八緒はほっと息をつき、頷《うなず》いた。


翌日、夕刻までの暇をもらい、八緒は鞍掛へ戻った。一応は実家であるにもかかわらず、敷居を跨《また》ぐのは、数カ月ぶりのことだった。

前日のうちに文を届けておいたおかげで、緑郎は家で八緒を待っていてくれた。

焔来と話していたときはそこまで考えてはいなかったけれど、緑郎には口裏を合わせておいてもらわなければ困るし、もう一つ頼みたいこともある。そのためにも、今日暇をもらえたのは八緒にとってとても好都合なことではあったのだ。

「はあっ⁉」

義両親に挨拶《あいさつ》を済ませ、緑郎の部屋でひとばらいをしてふたりきりになる。

八緒が焔来の御添い臥しに選ばれたことを語ると、緑郎はひどく驚いて声をあげた。

「おまえ、なんでそんなものに……」

むしろ呆《あき》れていたと言ったほうがよかったかもしれない。

「あれはふつう、ひと妻《づま》かなんかがやる役だろう。だいたいおまえ、経験あんのか？　一回ぐらい？」

「……だから、頼みがあるんだけど」

「なんだよ」

「俺を、抱いてください」

口にした途端、緑郎は飲んでいた茶を噴き出し、激しく咳《せ》き込《こ》んだ。

「おまえ、何を……っ、冗談だろ⁉」

八緒は首を振った。

「義兄《にい》さんしか頼めるひと、いないんだよ。そもそも義兄さんとつきあってることになってるし……！」

「はああっ⁉」

緑郎は再び声をあげた。しばらくの絶句ののち、苦虫を噛《か》み潰《つぶ》したような表情で唇を開く。

「……まさかとは思うけど、俺とつきあってるからあっちのほうも経験豊富だとか、言ったのか……？」

「……」

八緒はこくりと頷いた。

「おま、なんだってそんなこと勝手に言うかな⁉　俺に断りもなく……！」

「ごめんなさい……っ」

「俺が八つ裂きにでもされたら、どうしてくれんだよ⁉」

「八つ裂き……？」

八緒は鸚鵡返《おうむがえ》しにする。

巻き込んだのは心から申し訳ないと思っているけれども、恋《こい》びとだったふりをしてもらうことと八つ裂きにどう関係があるのか、よくわからなかった。

緑郎は深くため息をついた。

「……焔来のことが好きなのか」

真正面から問われ、八緒は思わず小さく息を呑《の》んだ。

「いくら好きでも、正室として添うことはできねーぞ。言うまでもねえが、あいつは九尾狐王家唯一の直系だし、必ず世継ぎをつくらなきゃならない立場だ。その責任を仔狐の頃から叩《たた》き込まれてるし、あいつ自身も重々自覚してる。……おまえが産んでやることはできねえだろう？」

（……わかってる）

八緒は焔来の仔を産むことはできないし、身分だって違う。鞍掛家の実仔《じっし》ならともかく、棄て仔であったのははっきりと世間にも知られているのだ。

「愛妾《あいしょう》のひとりとして、後宮に入るくらいなら可能かもしれないが……」

次第に項垂《うなだ》れていく八緒に、緑郎は言った。けれども八緒は首を振るしかない。

「……焔来はそういうの、好かないから」

彼の祖父の後宮には何《なん》にんかの女性がいるが、正妃《せいひ》の他に愛妾を持つことを、焔来はよしとはしないだろう。少なくとも、正室が仔を産めないという事態にでもならない限りは。

だな、と緑郎も頷いた。

「一緒になれないのも、仔どもを産めないのもわかってる。俺じゃ、焔来の邪魔になるだけだ」

じわりと涙が浮かんでくる。

「でも、一回だけでも焔来が欲しい」

一夜だけでも焔来の胸に抱き締めてもらえたら、それだけでよかった。その思い出を一生の宝物にして、死ぬまで心の底から焔来に仕えることができる。

緑郎は再び、深く息をついた。

「……しょうがねえな」

はっと八緒は顔を上げた。

「わかったよ。なんでも教えてやるし、口裏も合わせてやるよ。——そうと決まったら、時間がない。はじめるぞ」

と、緑郎は言った。

それでも、緑郎は結局、最後まで実地で交合を教えてくれようとはしなかった。常にたくさんの美しいひとたちを侍《はべ》らせている彼には、八緒ではその気になれなかったのかもしれない。実際、まるく大きな目と、名前と同じはちのじの眉くらいしか特徴のない八緒の容姿は平凡だし、どことなく幼くて色気にも欠けていた。

かわりに彼は、得意の絵図を描きながら口頭で細かく説明してくれたし、急遽愛《きゆうきよあい》じんのひとりを呼び、行為を見学させてもくれた。

他《た》にんの性行為を見るというふつうあり得ない体験に、動揺するやら恥ずかしいやら、巻き込んでしまったひとに申し訳ないやらありがたいやら――さまざまな感情に激しく翻弄《ほんろう》されながらも、実際非常に理解をたすけてくれたことは間違いなかった。

そのときの絵図を何度も見直し、目にした行為を反芻《はんすう》して、八緒は初夜に臨《のぞ》んだ。

経験がないことが知られたら終わりだと思えば不安は尽きなかったが、

(……大丈夫、ちゃんと勉強したし、みんなやってることなんだから)

初めてであるにもかかわらず、経験豊富な指南役を装って導かねばならないことは、とても「みんなやってる」ような行為ではなかったけれども。

御役日当日、八緒は九尾狐家の女官たちの手で、まる一日もかけて隅々まで磨き抜かれた。その甲斐《かい》あってか、心なしかふだんはとても白いとは言えない肌が、少しだけ透明感を増して見える気がする。

（焔来の目にもそう映ってくれたらいいけど）

何しろ、緑郎にはまるで相手にされなかったのだ。焔来にとって魅力的に映るとは、とても思えなかった。

（でも、光の加減とか何かの拍子で、ちょっとよく見えるなんてことは……？）

たとえ欠片《かけら》も心をそそるものがなかったとしても、焔来は真面目だし、義務として八緒を抱きはするだろう。

けれども八緒は少しでも焔来に楽しんでもらいたかった。焔来にとっての自分を「いい思い出」にしてもらいたかった。

白い着物を着せられ、布団の傍に座って、どきどきそわそわしながら焔来を待つ。

枕元には雪洞《ぼんぼり》が置かれ、部屋を照らしていた。

想像していたよりも明るくて、色気のない男の身体をはっきりと焔来に見られてしまうと思うと、ひどく恥ずかしかった。

しかも、閨にはふたりきりでも、襖一枚隔てた向こうには見張り役がいて、ことが成るのを静かに聞いているのだ。焔来の安全や行為の重要性を考えればしかたのないしきたりとはいえ、意識するとたまらなかった。

それでも、どんな恥ずかしい思いをしても、焔来が欲しいと思う。

こんな情熱が自分の中に眠っていたなんて、この役目を申し出たあの日まで、自分でも思いもしなかったのに。

（……上手くいかなかったら、どうしよう）

（いや、でもあんなに勉強したんだから）

（……紙の上でだけど）

ぐるぐると何度も同じことを考える。立ち上がってそのあたりを歩きまわりたいような気持ちをぐっと堪《こら》える。胃の腑《ふ》がおかしくなりそうだった。

（焔来にいやな思いをさせてしまったら）

（……嫌われたら？）

そんな緊張と興奮が極限にまで達したときだった。

すっと襖が開き、同じような白い着物を着た焔来が姿を現した。

（焔来……）

八緒は、つい見惚《みと》れた。

（綺麗）

もともと焔来はとても綺麗な男ではあるのだが、今夜はいつもにも増して内側から光り輝いているかのように見えた。

銀色《プラチナ》の毛並みが雪洞の灯《あか》りに照らされて、まるで後光が差しているかのようだった。白装束のせいもあって白い肌がさらに透けるようで、神々しいばかりだ。

本当に、この身体にふれていいのかと思う。

彼にくらべて、身分もなく容姿も平凡な自分自身のなんというみすぼらしいことか。この役目を務めるのがいたたまれなくなるほどだった。

他のひとに譲るべきだったのではないか——いや、それが正しかったことは最初からわかっている。それでも、どうしても欲しかったのだ。

(……これから、このひとに抱かれるんだ)

彼が、向かいに座る。

雪洞のせいか、ほのかにその頬が染まって見える。

八緒はつい見惚れ、はっと我に返った。

「あの……」

胸が痛いほど高鳴っていた。ここはむしろ、自分が焔来の緊張をほぐしてやらなければならない立場なのに。

何か言わなければと思う。考えてきた言葉も手順も何も出てこないまま、八緒は畳に両手

をついた。

「不束者《ふつつかもの》ですが、よろしくお願いいたします」

焔来は軽く笑った。

(めずらしい)

彼が声を立てて笑うなんて。

「まるで嫁にでも来るみたいだな」

と言われ、はっとした。「御添い臥し」というのは、初めての相手ではあるが、嫁ではない。それどころか一夜の手ほどきをしたら、それで関係は終わりになる、ただの役目に過ぎない。

(だめな挨拶だったかも)

心の底に密《ひそ》かに沈めたはずの願望が、役目を越えて口に出てしまったのかもしれない。

(身のほどをわきまえないと)

「……ごめんなさい」

「別にいい」

謝れば、焔来はそっけなく答えた。

「あ……あの、でも今夜は俺、精一杯務めるんで、焔来は全部俺に任せて、気楽にしててくれたらいいからな?」

「それにしては、おまえのほうが緊張しているようだが」

「えっ」

鋭く指摘され、狼狽《うろた》える。焔来の透きとおった瞳には、すべて見透かされているかのようだった。

「そりゃ……大事な若君の初めての相手を務めさせてもらうんだからさ。ちゃんと……少なくとも悪い思い出にはならないようにしたいし」

本当は、いい思い出になりたかった。そうして焔来の心の片隅で、ずっと覚えていてもらえたら。

「あの……俺、頑張るから。大船に乗った気でいてくれよな。焔来は何もしなくても、俺がちゃんと全部やるから」

「ああ」

と答えながら、焔来の瞳は笑っている。とても大船には見えないのだろう。それでも、彼の機嫌が悪くないらしいことに、八緒はほっとした。

「じゃあ、……いやなことがあったら言ってね。……接吻《キス》してもいい？」

「ああ」

本当は、身体を繋《つな》げればいいだけの話だ。前戯を教える必要はあるにしても、接吻までする必要があるのかどうか。

（へへ。でも焔来、いいって言ったし）

役得役得、と胸の内で呟《つぶや》く。

こんな機会がなかったら、焔来の唇にふれることなんか、一生できなかった。そして、今夜が最初で最後だ。

膝立《ひざだ》ちでそっと近寄る。胡坐《あぐら》をかいた焔来の脚にふれるほど傍まで来ると、下から覗き込んだ。

焔来の銀色の瞳が、じっと自分を見下ろしている。自分の姿だけが映るその目に仄《ほの》かな想望《そうぼう》のようなものを感じて、八緒は嬉しくなる。

唇を寄せていく。少しずつ、少しずつ近づいて、ふれあうと、やわらかさに心臓が跳ね上がった。

（接吻してるんだ……焔来と）

それだけで泣いてしまいそうだった。堪えなければいけないのに、じわりと涙が滲《にじ》んだ。

「……焔来、口開けて、舌、ちょっとだけ出して」

囁《ささや》けば、焔来は素直に口を開け、舌を覗かせる。緑郎に教わったとおり、舌先をふれあわせ、搦めとる。

焔来が、ふいにぎゅっと抱き締めてきた。

「焔……っ」

驚いて離した唇を、焔来のほうから再び捉《とら》えられた。何度も啄《ついば》まれ、わずかに開いた口内へ焔来の舌が侵入してくる。それだけで技巧など頭から吹っ飛んで、八緒はされるがままになってしまう。

八緒はいつのまにか、焔来の膝に乗り上げ、彼の腰を両脚で挟み込むようなかたちで、抱き竦《すく》められていた。

「ん、ん……」

きつく吸われると、ぞくぞくしてたまらなかった。

——キスだけでも感じるんだぜ

なかば朦朧《もうろう》としながら、半信半疑だった緑郎の科白《せりふ》を思い出す。舌と舌とを擦《こす》り合わせているだけなのに、どうしてこんなにたまらなくなるんだろう。

八緒は焔来を導くという義務も忘れ、夢中になっていた。

我に返ったのは、胸にふいに強い刺激が走ったからだった。八緒は思わず声をあげる。

「ひっ⁉」

焔来の指が、乳首にふれたのだった。

「ほ、焔来……っ」

「袷《あわせ》が乱れてちらちら赤いものが覗くから、そそられた。いけなかったか」

「い……いけなくはないけど……っ」

はだけかけていた着物の襟を、慌てて掻《か》き合わせる。

「でも、しなくていいから……っ」

「練習するべきだろう。そのためにこうしているのだから」

「そ、そうだけど、そんなとこさわっても、……楽しくないだろ？」

胸を弄《いじ》るなら、女性のようなやわらかなふくらみがなければつまらないのではないだろうか。第一、ただの粒しかない部分で、練習になるのかどうか。

同じ種族であれば、男同士でも仔供をつくることはできるし、同性婚をすることもあるが、実際にはごく限られた場合のことに過ぎない。焔来の相手はほぼ女性と決まったようなものだろう。

だが、焔来は、

「そうでもない」

そう言って、袷の中に手を突っ込んできた。指先がふれた途端、また電流が走る。思わず引きかけた腰をまた強く抱いて引きつけられた。

「んっ……」

長い指先で胸の粒を転がしながら、唇は喉《のど》から鎖骨へと、舐《な》めたり吸ったりして下りていく。

やがて乳首へたどり着くと、焔来はそれを口に含み、舌先でころころと転がした。

まらない。

仔どもが飴玉《あめだま》を舐めるような楽しさでもあるのだろうか。執拗《しつよう》に嬲《なぶ》られ、ぞくぞくしてた

「ほ、焔来……っ」

「……っ……ふぁ……っ」

(こんな、ところで……っ)

男はふつう、それほど感じないって緑郎は言っていたのに。

ふと漏れてしまいそうになる変な声を、八緒は堪える。緑郎は素直に出せと言っていたけれど、いざとなるとひどく恥ずかしかった。

焔来に聞かせるだけでもたまらないのに、襖の外には見張り役の耳まであるのだ。

(自分のほうが気持ちよくなって、やらしい声出すような……そういう御役目じゃないのに……!)

「んんっ、もう、そこ……っ」

我慢できなくて思わず身を捩《よじ》れば、さらに強く吸われてしまう。

「……ひっあぁ……っ!」

「痛かったか」

焔来が顔を上げ、問いかけてくる。

「……痛くは、ないけど」

痛いというより、別の感覚が怖い。

けれども焔来はその答えに納得したらしく、再び顔を伏せた。

八緒の着物の帯を解《ほど》き、前をはだけさせる。八緒はなかば無意識に遮ろうとしたが、焔来はその手を払いのけた。じかにふれられ、一瞬で頭に血が昇った。

「だめ……っ！」

反射的に焔来の膝から飛び退《の》く。

「何故」

「何故って……」

不機嫌な視線を向けられて、八緒はびくりと震えた。でも、恥ずかしいのは勿論、焔来の綺麗な手に、自分のそんなところをさわらせたらだめな気がした。

「と、とにかくそこはいいから！　そこさわっても練習になんないから……！」

女性とはまるで形状が違うのだから。

「俺がやるから……っ」

焔来はじっと八緒を見下ろす。その提案を検討しているのがわかる。やがて、彼は言った。

「じゃあ、手本を見せてもらおうか」

「う……うん」

とはいうものの、胡瓜《きゆうり》などを使って懸命に練習はしたものの、実際に試すのは初めてだ。

手本というほどのことができるかどうか。

「前、開けるよ」

一応宣言して、八緒は焔来の帯を解く。たまらなくどきどきした。仔供の頃からのつきあいで、何度も見たことはあるとはいうものの、最近はさすがにそんな機会もなくなっている。ひどく緊張しながら着物の前をくつろげると、

(ああ……ちゃんと反応してくれてる)

つたない接吻か、行為への期待か。わからないけれど嬉しくなった。

その状態の焔来を見るのは初めてだからだろうか。目にしたそれは、記憶とはずいぶん違っている。怖いくらいの大きさがあった。

(……胡瓜なんかより全然大きい)

糸瓜《へちま》とかで練習すればよかったかもしれない。

恐る恐る手でふれると、びくりと反応してくれるのが嬉しい。間近で見ると、とても愛おしかった。焔来の命の源《みなもと》のような気がした。

そっと握って、頭を下げていく。先端に軽く接吻する。挨拶がわりにひと舐めして、咥《くわ》えた。行為を遂げるためには、もっと硬くなってもらわなければはじまらないのだ。

「ん……っ」

全部はとても無理だったけれど、精一杯口を開き、できる限り含もうとする。そうするう

ちにも、焔来はますます大きくなり、硬く屹立《きつりつ》していった。

八緒は半分も含み切れないまま、教えられたことをたどった。唇を窄《すぼ》めて扱《しご》き、必死で舌を絡める。

「……八緒」

焔来が名前を呼んだ。その声に混じり込む吐息に、胸がきゅんと締めつけられた。彼が感じてくれているのかと思うとたまらなかった。先端で喉の上奥を突かれると、何故だか下腹まで疼《うず》く気がした。

焔来のてのひらが頭にふれる。促すように撫でてくる。応《こた》えてさらに深く受け入れようとすれば、焔来の指が八緒の薄いミミを擦る。いっぱいまで塞《ふさ》がれた喉は苦しいくらいなのに、ふわふわとして、ひどく気持ちがよかった。

「んん……っふ」

焔来の手がミミを離れ、背をすべっていく。

「ひう……っ？」

いつのまにか夢中になっていたようだった。ふいに尻を撫でられ、八緒は飛び上がりそうになった。

「んんっ」

腰を揺すったが、焔来は手をどけてはくれない。それどころか、はだけた着物の中に侵入し、てのひらでゆるゆるとまるみを包み込むのだ。その感触に、どんなに堪えようと思っても、はしたなく尻だけが持ち上がっていく。しっぽがゆらゆらと揺れる。

「……ここに、挿《い》れたら、……どんな感じがするんだろうな」

「んんっ……！」

孔《あな》にまでふれられ、びくびくと八緒は引《ひ》き攣《つ》った。そこが勝手にきゅっと窄まる。つい唇から焔来を離してしまう。

「……っ……やめ……っ」

「何故」

「何故って、だから……」

焔来にちょっとさわられただけで、たまらなくぞくぞくするのだ。気持ちがよくて、ぐずぐずに蕩《とろ》けてしまう。焔来の雄《おす》を愛撫《あいぶ》するどころではなくて。

「……とにかく、おまえはじっとしててくれればいいんだって……！」

もっと丁寧に高めてやるつもりだったけれど、とにかく早く突っ込んでもらうしかない。上体を起こし、用意してきた壜《びん》に手を伸ばす。潤滑油をてのひらに垂らし、温めて、今まで咥えていたものに塗りつける。

そして再度壜を傾けようとすると、焔来が横から奪った。

「これを使うのか」

「え?」

「それくらい知っている」

「あっ……」

返してもらう隙《すき》もなく、焔来はそれを自らの手に取ると、八緒の腰を引き寄せた。

「……っ」

ひやりとした感触が後ろへふれて、八緒は竦み上がった。潤滑剤のぬめりを借りて、やわやわとそこを揉《も》むのは焔来の指だ。

(嘘……っ、焔来の、指が)

あの白くて綺麗な指が、自分の不浄の場所を探っている。

「そんな、しなくてい……っ」

反射的に、八緒は逃げようとした。

このの ち焔来が相手にするのは、基本的に女性のはずだ。そこを慣らすのは女性相手にはあまり必要ない行為で、覚えなくてもいいものなのに。

けれども八緒の上体は焔来にしっかりと抱きとめられていて、逃れることができない。

「焔来、だめ……っ」

ぐちゅ、と音を立てて、指が中に挿入《はい》ってきた。

「ひっ……っ……!」

痛みに漏れそうになる呻《うめ》きを噛み殺す。焔来がミミもとで囁いてくる。

「……痛いか」

「……っ」

八緒は首を振った。けれども焔来には八緒の強《こわ》ばりがすっかり伝わっているようだ。

「力を抜け。慣れていないのだろう？……それとも、あいつの指でなければ嫌なのか？」

揶揄《やゆ》するような、らしくない意地悪な口調で言われ、はっとする。

（……そうだ。焔来はどうせ言い出したら聞かない。やめてくれるわけがない……）

だとしたら、あまり緊張していたら疑われる。

「……焔来」

八緒は息を吐《は》き、できる限り強ばりを解こうとした。

「もう、いい。……挿れられるから、……指、抜いて……」

「しかし、まだ」

「意外と挿入るもんなんだから」

本当は、まだ全然慣らしかたが足りていない。経験はなくても、あれから何度も自分で練習したのだ。それくらいはわかる。

でも。

「そうか」

と、焔来はどこか不機嫌そうに言った。

ずるずると内襞《うちひだ》を擦って引き抜かれていく感触がたまらなくて、背が撓《しな》る。零《こぼ》れそうになる喘《あえ》ぎを咄嗟にてのひらで塞いだ。

焔来の腰のあたりまでしっかりと乗り上げて跨り、後ろ手で屹立を導く。孔に先端がふれると、指で感じる以上の熱さに驚いた。

竦みそうになる身体から、息を吐いて力を抜き、押し当てる。ゆっくりと腰を落とし、受け入れていく。

「……っ……ぐ」

裂ける、かと思った。実際少し裂けたのかもしれない。張り型と全然違う。何度も浅い呼吸を繰り返す。

(こんなんで……本当にちゃんと焔来と繋がれるんだろうか……)

小さく首を振って、弱気になる自分を振り払う。

「っ、ふぁあ……っ」

それでもどうにか、張り出した頭の部分を呑み込むことができた。嬉しいのとほっとしたのと、死にそうなほど痛いのとで、涙目になる。

「……八緒」

焔来の息遣いも、少し苦しそうだった。強ばった八緒の小さな孔は、焔来にも苦痛をあたえているようだった。

「……ご、め……」

あれからずっと八緒を苛《さいな》んできた罪悪感が、またふつふつと込み上げてきた。

(慣れてるふりで、嘘ついて、御役目を奪い取って……俺はおまえの新枕を台無しにしてるのかもしれない)

それでも、何も知らない焔来は、心配そうに名を呼んでくれる。

大丈夫、と答えたくて、でも声にならなかった。縋《すが》るように焔来の肩口に顔を埋《うず》め、着物の胸もとを握り締めてしまう。

焔来の手がその背中をそっと抱き寄せて撫でる。

「あ、あっ……!?」

ふと力が抜けた瞬間、ずぶずぶと灼《や》けつくような焔来の楔《くさび》が背筋を貫いてきた。

「……ッ」

「あ、あ――っ……っく……っ」

目の前が真っ赤に染まる。無意識に焔来に抱きついて、背中に爪を立てていた。声を抑えることさえ思いつかなかった。

「……っ……あ……あ……っ」

全部挿入ったのだろうか。どこまで挿入っているのだろう。痛くて苦しくて、でもまるで身体中が焔来でいっぱいになってしまったかのような感覚は、たまらなく嬉しい。

どうにか片方の手をそろそろと下ろし、ふれてみると、たしかに根元まで中に納まっているようだった。

(……できたんだ……ちゃんと、繋がれた)

「大丈夫か……?」

「……大丈夫」

焔来の問いに、八緒はようやく微笑《わら》い返すことができた。

「へへ、入った」

想像していたよりも、遙《はる》かに苦しい。焔来のものは想定よりもずっと大きくて、突き破るくらい深く感じられる。

なのに、八緒は締まりのない笑みを浮かべずにはいられなかった。なかば無意識に、てのひらで腹を撫でる。

「……ここに入ってるんだ……」

その途端、ぎゅん、と中で焔来が重さを増した。

「あ、凄《すご》い、焔来……っ」

「……っ……」

「腹の上から撫でても感じんの……?」

「……そういうことじゃない……、っ」

息を詰め、ばか、と照れたように焔来は言って、額を合わせてくる。

上目遣いに見上げれば、口づけされた。舌が絡み合った瞬間、しっぽまで二又《ふたまた》に裂けてしまいそうだった激痛が、ふいに楽になった。ぞくりとした恍惚感《こうこつかん》まで覚えた。

「ん……んっ」

ぎちぎちだった内壁が、接吻に合わせるように、自然に肉棒に絡みついていく。八緒は焔来の首に腕を回した。

「……動くね」

ゆっくりと腰を揺らしはじめる。潤滑油のたすけを借りて擦りつけるように回し、できるだけ浮かせては落とす。

焔来もまた、それに応えるように八緒を揺すり上げはじめた。奥を突かれると、辛いのと同時に小さな快感が砕け散る。

「……っ、焔来、気持ちい……っ？」

「八緒……っ」

焔来の唇がミミを食《は》み、首筋から反らした喉へ下りる。

「……っ……あぁっ……！」

いつのまにか八緒自身も焔来の腹にふれて、反応しかけていた。はしたないことをしてはだめだと思うのに、擦りつけるのをやめることができない。

焔来がそこへ手を伸ばしてくる。

「ぅあ……っ」

握り込まれる快さに、目の前が白くなった。

「だ……だめだ……って」

焔来にそんなことをさせてはいけないと思うのに、擦られると気持ちよくて、手を払うことができない。

「あ、あぁ、はあ……っ」

もっと、とねだってしまいそうになるのに必死で堪える。前の快感に誘われるように、後ろがきゅうきゅうと焔来を締めつける。

「焔来、焔来、焔来……っ」

口にしてはいけない言葉を呑み込むかわりに、名前を呼び続ける。

焔来が息を詰める。中に彼の迸《ほとばし》りを感じて、八緒もまた押し上げられるように昇りつめた。

ぐったりと焔来に体重を預けると、彼はそのまま背中から寝床に倒れ込んだ。

焔来の上に覆い被《かぶ》さるようにぴったりと身体を伏せ、心地よい疲労感に満たされる。ふたりとも汗だくになっていた。

もう指一本動かせない。

そう八緒は思うのに、焔来はものともせずに身を起こした。中に嵌《はま》っていた焔来のものが、ずるずると抜けていく。終わってしまうのが寂しくて、思わず締めつけたけれども留《とど》めておくことはできなかった。内壁を擦られる感触に、小さく声が漏れてしまう。

（え……）

だが次の瞬間には、くるりと体勢を入れ替えられ、八緒は敷布の上に押し倒されていた。

「ちょ、焔来……？」

「要領はだいたいわかった」

「そ、そう」

いい教師だったとは我ながらお世辞にも言えなかったと思うけれども、焔来が理解できたのならよかった。……と、思う間もなく両脚を開かれた。

「え、ちょっ……」

「ぽっかり開いてるな」

「や、見んなっ……！」

頬にかっと血が昇った。反射的に孔を窄める。脚を閉じようとしたけれども、足首をしっかりと摑《つか》まれてできなかった。

「ここに挿入っていたのか……」

「……っ……！」

焰来はじっと凝視してくる。そこの形状は、女性のものとはまったく違う。観察してもなんの勉強にもならないのに。

(……焰来……すっごい見てる……)

たまらなく恥ずかしくて、でも視線を意識すると何故だかぞくぞくする。

そしてまた、そうして興味津々《しんしん》とした目を向けられれば、役目を果たさなければという気持ちが頭をもたげてくるのだ。

「あの……」

八緒は自らの股間《こかん》に手を伸ばした。

「……雌《めす》の場合は、ここのところにもう一つ孔があって、そっちに挿れるんだけど……」

緑郎に口頭で教わった知識を、焰来に伝えようとする。焰来は八緒の膝に手をかけ、さらにぐいっと開かせた。

「ここか」

「ひっ……!?」

双《ふた》つのふくらみの下、後孔とのあいだのあたりを指先で撫でられ、八緒は息を呑んだ。

(今の、何……っ？)

まるで性器をじかにさわられたような感覚だった。

（あ……そういえば、蟻《あり》の門渡《とわた》り……？　とか？）

緑郎の講義の中でも、重要ではないと思ってあまり身を入れて聞いていなかった部分に、そんな言葉があったような気がする。

それを教えようとするより先に、焰来が唇を開く。

「蟻の門渡りとか言うんだろう」

「なんで知って」

「……小耳に挟んだ」

その答えに、目をまるくしてしまう。潔癖症ではないかとさえ思っていたのに、意外とむっつり助平だったのか。

八緒のそんな疑惑は、焰来に伝わってしまったらしい。

「その目はやめろ」

焰来は憮然《ぶぜん》と言った。頬が微《かす》かに染まっている。八緒はそれを見て、つい笑い声を漏らした。

「あっ……」

仕返しのように、再び会陰部にふれられ、小さく竦む。指先で撫でられると、びくびくと震えてしまう。一度は達して萎えたはずの幼い茎が、また芯《しん》を持ちはじめる。

「そ、そこ、やめ……っ」

訴えても、焔来はやめてくれなかった。執拗に繰り返され、八緒は声を殺すのに必死になる。何もない場所なのに、何故、と思い、答えに突き当たった気がした。……何もないから、だ。

「ご……ごめん、な」

「何がだ」

「そこに孔、なくて。……雌じゃなくてごめん」

なんだか泣きたくなった。自分が変な横槍《よこやり》なんか入れなければ、焔来は今頃ちゃんとした雌と新枕を交わすことができたのに。

だが、焔来はそこから視線を外さないまま、まるで違うことを言い出す。

「雌としたことはないのか？」

「……ん、うん……」

「そうか」

納得したように、焔来は頷いた。

「別にこっちでいい」

そしてそう言ったかと思うと、後ろへ指を伸ばしてくる。ふれられれば、会陰とは違った快感がある。

「少し切れたか……血が出てる」

「え」

「破瓜《はか》したみたいだな」

恥ずかしい科白を吐きながら、焔来の目はやさしく笑っているようだ。彼は、ふいにそこへ顔を伏せてきた。

「ばっ……、って、ちょ、何」

孔にぬめらかにざらつく感触を覚えて、八緒は慌てた。

「ん、ばか、何やって……っ」

そんなこと、焔来にさせていいことじゃないのに。

無意識に引き絞った窄まりに舌先を挿れられると、肌が粟立《あわだ》つような不確かな感覚が這《は》い上がる。本当に傷ついているのか、同時にちりちりとした痛みが走った。

「あ、あ、やめろって……っやだ……っ」

喉を反らす。もともと半端に煽《あお》られていたものが、再び急激に頭をもたげてくる。

「あぁ……っ」

つい夢中で喘ぎかけた瞬間、そこから舌が離れた。

「傷は消えた」

はあはあと息を乱しながら上目遣いに見上げれば、焔来は言った。

「え……あ」

ああ、舐めて治してくれたのか、とようやく思い至る。治癒《ちゆ》は九尾狐の霊力の一つだ。

「……ありがと」

礼を言いながら、でも本当は、少し残念だと思わずにはいられなかった。焔来の初めてをもらった傷が癒えてしまうのが、もったいなかった。できることなら、ずっと持っていたかった。

「……あのままでは続きができないからな」

「続き？」

「演習だ。習ったことは、繰り返しやって覚えるべきだろう」

その言い種《いぐさ》に、八緒はつい小さく笑った。

「真面目だなあ。焔来は」

「悪いか」

「いや、全然」

どうせ一夜限りのことだ。朝まで抱き合って過ごしたところで、何をいけないことがあるだろう。張り番に聞かれるのは恥ずかしいし、それを報告されるのかと思うと、それもひどくいたたまれないけれど。

そんなことより焔来に少しでも長くふれていて欲しかった。

指先で、きゅっと窄めていたところをひろげられれば、先刻彼に注がれたものがとろりと溢《あふ》れてくる。

「ひうっ……！」

その感触に、八緒は思わず声をあげた。恥ずかしいのと、せっかくの焔来の精を体内から出してしまうのがもったいなくて、力を込める。けれども焔来は、かまわずに指を挿入してきた。

「ふ、うぅ……っ……」

そういうの、しなくていいから、と八緒は首を振るけれども、焔来はそれを無視した。根本まで挿れて掻き回す。ぐちゅぐちゅという音がひどくミミに響いて恥ずかしかった。襖の外まで届いているかもしれないと思えばなおさらだった。

「……っ、……」

「さっきよりはだいぶやわらかいな。……痛いか？」

「大丈、夫……っんんっ」

出し挿れされる指が中の襞を擦り、八緒は息を詰めた。指が二本になり、三本になる。ついさっきまでもっと大きなものに貫かれていた部分は、それを難なく受け止めてしまう。

「痛いか？」

と、焔来は何度も聞いてきた。八緒はそのたびに左右に首を振った。

「では、気持ちがいいのか」

「……ん、うん……たぶん」

慣れない行為に、まだ自分でも感覚を受け止めかねていた。つい口を突いた答えを、焔来は聞き咎める。

「たぶん？」

「あ……ううん」

八緒は慌てて首を振った。

「気持ちいい、よ。そこのところ、擦られると、……身体が溶けるみたい」

「こうか……？」

「……っ、あんん……っ」

思わずびっくりするような甘ったるい声が漏れた。いたたまれないほど恥ずかしくなりながら、八緒は焔来の首に腕を回した。

「もう、いいから、奥まで来て……」

「八緒……っ」

焔来が覆い被さってくる。指が引き抜かれ、かわりに宛《あて》がわれた熱が一気に深く入り込んでくる。

「っ……ぁああ……っ」

串刺《くしざ》しにされたような衝撃に、声が迸った。先刻道をつけられたばかりだとはいえ、圧迫感に息ができない。

けれども挿入はまだ止まらなかった。脚を抱えられ、腰を引きつけられて、さらに奥を抉《えぐ》られる。

「は、あっ、あぁ……っ」

焔来の背に爪を立てそうになって、はっと我に返った。ぎゅっと拳《こぶし》を握り締めて堪える。

八緒は呼吸を整えようとしたが、その暇もなく焔来は動き出した。

「ひっ……」

腰を引いてまた突き上げられ、痺《しび》れるような快感が走った。

「あぁっ……焔来……っ」

「っ……」

上で焔来が小さく息を呑む。止まらない、と彼は呟く。それを聞いて、八緒はひどく嬉しくなった。

(俺の身体で感じてくれてる)

ちゃんと焔来を気持ちよくできてる。

(嬉しい)

「いいよ、来て……っ」

抉られて反らした喉に、唇が降りてくる。首筋を伝い、八緒の唇へとたどり着く。何度も噛むような接吻をしながら、焔来は抽挿《ちゅうそう》を繰り返した。

「はあ、んん、ああ、あっ、ん、あっ、あァっ——」

長い指先がこりこりと乳首を摘《つ》まみ、転がす。そういうこと、しなくていいのに。でもそれを言う余裕も八緒にはなかった。胸にも腹にも、ふれられると中もきゅうきゅう締まって焔来に絡みついていくのがわかる。

「あ、あ、焔来……っ」

夢中になって自分から彼の唇を求め、舌を深く搦める。焔来を食い締めながら昇りつめた瞬間、体内に彼の迸りを感じた。


「……八緒」

名前を呼ぶ焔来の声と、頬にふれる手の感触で、意識がふっと浮上した。何度も抱かれて焔来の欲望を受け止めるうち、いつのまにか気を失っていたようだった。

目を開ければ、心配そうに覗き込んでくる焔来の顔が見える。

「大丈夫か」

「うん」

「その……悪かった」

やりすぎを反省する、ミミを垂れた表情がめずらしくて可愛い。八緒は腕を伸ばし、ふさふさしたしっぽごと焔来をそっと抱き寄せた。ぴったりと重なった身体も焔来の重みも泣きたくなるほど心地よかった。

（俺……ほんとに焔来の童貞もらっちゃったんだ……）

そう思うと、頬が緩んでしまう。ふわふわとして、まだ信じられないような気持ちだった。

焔来の頬に何度も口づけ、つい含み笑いを漏らす。

「何を笑っている」

と、焔来は問いかけてくる。

「……へへ。童貞卒業、おめでとう」

「ばか」

額を軽くぶつけてくる焔来の瞳は笑っていない。

「俺は、おまえの処女が欲しかった」

「焔来……」

その言葉に、八緒の胸は痛む。主君として、彼がそれを希むのは当然なのかもしれない。

（……本当は、おまえにあげたんだけど）

慣れているふりで、本当は正真正銘初めてだった。けれどもそれは、八緒が墓の下まで持っていかなければならない秘密だ。

「……ごめん」

そう告げながら、焔来の髪を撫でる。

「でも、そう言ってくれて嬉しい。……俺も、本当は……焔来にあげたって、……言いたかった」

それが八緒の言えるぎりぎりだった。

「俺、ちゃんと御役目果たせた？」

「……ああ」

「気持ちよかった？　楽しかった？　……いい新枕になったと思う？」

「ああ」

「よかった」

はっきりと焔来の口から聞けて、ほっとした。気遣ってそう言ってくれたのだとしても、やっぱり嬉しかった。

けれどもそれは、焔来にとっては次の階段を昇るための、踏み台の一つに過ぎない。

八緒は焔来の腕を枕に、彼の胸に顔を埋めた。

「じゃあ、……もうお妃様《きさき》を娶っても大丈夫だね」

自分から口にしておきながら、締めつけられるように切なくなった。

「……まだずっと先のことだ」

と、焔来は言った。

「そうでもないと思うよ。近いうちに……、たぶん翰林院を卒業するくらいまでには、御所様がしかるべきかたをお決めになるだろうし……」

そうしたら焔来はそのひとと一緒になって、仔狐がたくさん生まれるだろう。

「焔来の仔狐は、きっと可愛いんだろうな」

八緒は思いを馳《は》せる。まだ仔狐だった頃の焔来が瞼に浮かんだ。

あのときも神々しいまでに美しかったが、今の姿とくらべればまだまだ幼い。白い貌に、赤みのさすまるい頬、大きなまるい瞳――天使のようにひたすら可愛らしかったような気さえする。

「仔どもの頃の焔来みたいな仔狐が生まれたら、俺きっと滅茶滅茶《めちゃめちゃ》猫可愛がりしちゃうな、猫だけに。……まあ俺が産むわけじゃないし、男は乳母《うば》にもなれないから、せいぜい遊び相手をさせてもらえるかどうかってところだろうけどさ。……凄い楽しみ」

焔来にしあわせな結婚をして欲しい。焔来の仔狐が見たい。可愛がりたい。……焔来の隣に立つひとを見るのが辛いのと同時に、それもまた八緒の本音ではあった。

「ね、仔狐が生まれたら、俺にお世話させてくれない？　ずっと焔来の世話をしてきたみたいに」

「……は、くだらない」

焔来は吐き捨てた。

「くだらなくないだろ。大事なことじゃん。へへ、初めて会った頃の焔来、凄い可愛かったからさ、焔来の仔もきっと」

「……俺より、仔狐のほうがいいのか」

憮然とした声で、焔来は遮った。八緒は目をまるくする。なんとなく機嫌が悪いように見えたのは、そんなことを考えていたせいだったのかと思い至る。

(可愛い)

「ばかなこと。焔来が一番に決まってるじゃん」

探るような目で見つめてくる焔来の唇に、軽く口づける。こんなことがゆるされるのも、今宵限りだ。

「……俺はまだ結婚する気などない。九百年も寿命があるのに、何故そんなに早く娶らねばならない？」

焔来は生まれたときから九尾狐王家の世継ぎとして育てられ、その責任をよく理解している。自覚も分別もある。

それでも彼にしてみれば、そんなにも早く生涯の伴侶《はんりょ》を決められてしまうのは、些《いささ》か窮屈なのだろう。それはわからないことはなかった。

「……俺の目の黒いうちに見たいけど」

焔来と八緒とでは、寿命がまるで違うからだ。

九尾の焔来は、約九百年という瑞獣にもまれな長い寿命を持つが、八緒のしっぽは一本しかない。猫の中にも二本なら持つ者がいるが、八緒のようにごく平凡な猫は、二又に割れるほどには生きられないだろう。つまりせいぜい百までというところなのだ。

あまりのんびり構えていられたら、八緒の寿命のほうが先に尽きてしまう。

「ばか」

と、焔来は吐き捨てるように言った。

「じゃあおまえが孕め」

そんなことができたらいいけど。……本当にいいと思うけど。

「無茶言うなよ」

「根性なし」

その言い種に、つい噴き出してしまう。

「根性の問題じゃねーだろ」

そもそも御添い臥しに選ばれたのだって、孕む可能性がないからこそのことなのに。

焔来は、笑う八緒をふたたび乱暴に寝床へ押し倒す。

「ちょっと、焔来、もう時間が」

「孕ませてやる」

だから無理だって。

という言葉は唇で塞がれて、声にならなかった。

そのまま次がはじまるかと思えば、焔来はただ八緒の肩口に顔を埋めてきた。そして低く囁く。

「……おまえが生きているうちに、娶る予定はない。俺の仔狐を見るのはあきらめろ」

「焔来……」

(……俺がいるうちは、他はいらないって聞こえた)

そんなの、ゆるされるわけがない。稲荷御所では、これから数年ののちには焔来の妃を決定するだろう。九尾狐家の直系は焔来だけだし、いくら九百年の寿命を持つとはいえ、事故や病気にまで万能なわけではない。

数千年続いてきた九尾狐家の世継ぎとして、焔来は必ずしかるべき女性とのあいだに跡取りを儲《もう》けなければならない。それは彼の何より大切な責務だ。

(それでも、俺が生きているうちは、他の誰とも一緒にならない、って)

勘違いかもしれない。

ただ、あまり若いうちに結婚する気はないというだけのことなのかも。

だがそれでも、八緒は焔来の言葉が嬉しかった。

2

ちゃんと焔来を寝かせてやらなければならなかったのに、結局朝まで睦《むつ》みあって過ごしてしまった。

それどころか、一夜限りのはずだった関係は、そのあともずるずると続いてしまったのだ。

――禁止されているわけではないだろう
という焔来の言葉に、八緒は強くは反論できなかった。

――でも禁止っていうか、しきたりだから……

御添い臥しというのは初夜を導くのが役割であって、そのあとまで関係を続けるべきものではないのだ。

だから八緒は、焔来と一夜を過ごしたら、またもとの、ただの侍従に戻るつもりだった。

それなのに。

焔来は八緒を離さず、他へ目を向けようともしなかった。

もともと仲もよかったし、恋愛感情というほどではなくても、初めて身体を重ねた相手に対して愛着は感じてくれてはいるのかもしれない。

彼は頻繁に八緒に手を伸ばしてくる。いけないことだと思っても、八緒はそれを拒否できない。焔来のことが好きだからだ。

(どんな理由であれ、焔来が俺でいいって言ってくれるなら)

たとえ安易に他に手を出すよりましだから、という程度のことだったとしても、抱いてもらえれば嬉しかった。

(あと、数年だけ)

八緒は猶予をもらった気持ちになる。

稲荷御所では、焔来が翰林院に通っているあいだに、妃となる女性を決定する意向のようだ。それまでには、まだ数年ある。

先代や他の一族たちは、若い頃には周囲の女官や翰林院の女生徒たちと華やかな恋を楽しんでいたとも聞くけれども、そういう節操のない行いを焔来が好まないことは八緒にもわかっていた。

(せっかくもてるのに、もったいないとは思うけど)

女官たちのにん気《き》はもとより、翰林院に入学してからというもの、焔来は女生徒たちの憧《あこが》れの的になった。

容姿端麗、家柄最高。成績優秀で、のちには生徒会長まで務めるようになったとなれば、当然のことだと思う。そんな焔来が、八緒はひどく誇らしかった。

登校すれば毎日、女生徒たちが次々と焔来に近づいてくる。

彼女たちにしてみれば、気まぐれにでも手をつけてもらえれば、正妃は無理でも後宮の隅にでも入れてもらえるかもしれない、万一仔種でも授かれば一生安泰、くらいには思うのだろう。八緒にもそんな気持ちはわからないではなかった。

（俺だって、仔狐を産めるのなら同じことを思ったかもしれない）

けれども焔来は、彼女たちを相手にしなかった。

——もったいない
と言いながら、八緒はそのたびにほっとする。

実際、焔来は将来、身分に見合ったしかるべき家柄の姫君を娶り、可愛い仔狐を授からなければならない身の上なのだ。側室だの愛妾だのはそのあとの話であるべきだし、有象無象《うぞうむぞう》の娘は焔来に近づけないほうがいい。

それは稲荷御所の意向とも一致していた。

八緒は女を追い払った。それは侍従として申しつけられている、果たすべき役目だった。決して焔来に近づく娘たちに嫉妬《しっと》しているからではなくて。

（……してないわけでもないけどさ）

役目なのも本当だが、焔来に近づく娘たちの存在が面白くないのも本当。

今は焔来自身も自重しているし興味もないようだが、いつか彼女たちの誰かが焔来の目に留まらないとも限らないのだ。

彼女たちは、棄て仔だった八緒よりは身分もずっとたしかだ。将来、妃とまではいかなくても、側室として後宮に入ることになる娘はいるかもしれない。

しかも、彼女たちは焔来の仔を産むことができる。

それこそは、男で種族も違う八緒には、逆立ちしたってできないことなのだった。


夜、伽《とぎ》が終わったら、焔来が眠るのを待って自室に戻る。

あくまでも八緒の身分は焔来の「近侍」であり、ふたりの仲は「公然の」ではあるが「秘密」だ。朝まで一緒にいるような自堕落なことはゆるされないし、そんなところを他の侍従や女官たちに見られでもしたら、何を言われるかわからない。

そしてしばらくうとうとしたら身支度を整えて、何ごともなかったような顔で焔来の部屋へ起こしに行くのだ。

それが八緒の日課だった。

が――。

「ちょ……焔来……っ」

寝床から抜け出そうとしたところを、腰を抱いて再び引きずり込まれてしまう。寝惚《ねぼ》けているのかと思ったが、腹に唇をつけてくる仕種《しぐさ》などを見れば、そういうわけではないようだった。

(寝てると思ったのに……！)

ちょっとばかり早かったようだ。けれどもこれ以上横になっていたら、自分のほうが熟睡してしまいそうだったのだ。焔来の腕に抱かれているのは、八緒にとってはそれほど心地よいことだった。

「焔来……」

要求を感じ取って、やんわりと引《ひ》き剝《は》がそうとするが、焔来は離れてはくれない。

「……散々しただろ？　俺、もう部屋に戻らないと」

「ここで寝ればいいい」

「そうはいかないんだって。いい仔だから聞き分けて、な？」

額に口づけて宥め、起き上がろうとすれば、そのまま手を握られて引き倒される。褥《しとね》の中で覆い被さってくる焔来の瞳は銀色に光っている。

近侍として焔来にきちんと休息を取らせなければならないし、起きられなくて遅刻させたりしたら、責任重大だ。

わかっているのに、結局八緒は拒めないのだった。

銀の瞳の中に甘えの色を感じると、愛おしくてたまらなくなる。焔来に求められると嬉しくて、しあわせで、ふわふわと心が舞い上がる。いつまでも続くものじゃないなら、今のうちに一度でも多く抱いて欲しいと思う。

「しょーがないなあ、もう、焔来は。でも、あと一回だけだからな?」

頭を撫でれば、掛布がふわりと捲《めく》れ上がって、焔来のしっぽが嬉しそうに揺れるのが、彼の背中越しに見えた。

そのさまがあまりに可愛くて、八緒はつい笑ってしまう。

「どうした?」

「ううん」

腕を彼の首に回し、脚を開いて誘う。

「……いいよ。来て」

身体をまさぐられる。脚を割られ、まだ濡《ぬ》れて緩んだままの後孔に指でふれられて、息を詰める。

「……っ」

「このまま挿れられそうだな。すっかり開いてるし」

その部分の具合をたしかめると、焔来はそこへ先端を宛がってくる。つい先刻まで彼のものを納めていた鞘《さや》はまだやわらかく、難なく再びそれを受け入れてしまう。

「んっ、ああ、あぁぁっ……！」

ずぶずぶと身体を進められ、濡れた声が漏れた。昔は苦痛をともなった行為にも、今ではすっかり慣れてしまった。焔来のたくましいもので内襞を抉られると、気持ちがよくてたまらない。

「あぁっ、あっ、あっ、焔来……っ」

「いやがっていた割に悦《よ》さそうじゃないか」

「……っ……だって……」

焔来に抱かれているからだ。焔来が愛しいから、いつどんなときでもふれられれば蕩けてしまう。

「そこ、ひぁ、あ、あ……！」

奥の底を緩く突かれ、八緒はあられもなく喘いだ。早く終わらせないと、という思いから焔来を煽ろうとするが、そんな計略は焔来にも見えているらしい。八緒の中に深く挿れたまま、ゆっくりとした抽挿だけを繰り返す。

「あ、あぁ、あ……っ」

「……中、どうなってるか自分でわかるか」

問いかけられ、首を振ったけれども。

もっと滅茶苦茶に苛《いじ》めて欲しくて、ねだるように襞が焔来のものに絡みつくのが自分でもわかっていた。

「最初の頃より、ずっといやらしくなった」

と囁く焔来はどこか嬉しそうだ。

「焔来が焦《じ》らすからだろぉ……っ」

初々《ういうい》しかった彼は、今ではすっかり雄になって、そんなことさえもできるようになっていた。

「あ、あ――……」

なかば無意識に、焔来の腰に脚を巻きつける。引き寄せて、奥へ導こうとする。

「焔来……焔来……っ」

「どうして欲しいのか、はっきり言ってみろ」

「……っこの……っ」

すけべまじん、と悪態をついてしまいそうになり、焔来の瞳を見上げて止まる。こんなにも綺麗なのに、なんでこんなにえろいことを口にするようになってしまったのだろう。

けれどもいやらしいことを言うのもするのも、今はまだ自分の前でだけなのだ。そう思うと、それもまた愛おしかった。焔来に群がってくる娘たちは、誰もこんな焔来は知らないのだ。

「ほら。……なるべく恥ずかしい言葉でだ」

焔来は促してくる。しかもさらに注文が増えている。

「もおっ、本当にいつのまにこんな男になったんだか……！」

「先生がいいからな」

そう言って、軽く口づけられた。

（……くそ）

それを言われると、返す言葉がない。

八緒は焔来の首にぎゅっと抱きつき、ミミもとで囁いた。

「もっと滅茶苦茶にして。……奥、ぐりぐりして……いかせて」

焔来がごくりと喉を鳴らす。

「希みどおりにしてやる」

と、彼は言う。

揺すり上げられ、溶けるような快感が突き上げてきた。


「八緒、八緒」

何度も呼びかけられ、軽く頬を叩かれて、八緒ははっと目を覚ました。

覗き込んでくる焔来の顔を見て、巻き戻すように記憶が戻ってくる。焦らされ抜いて、ようやくイかせてもらったところで、ほとんど失神するように寝落ちてしまっていたらしい。

「あああ……！」

飛び起きた瞬間、腰の奥にずくんと痛みが走った。

「ッ……くっ……」

けれども固まっている場合ではない。

柱時計は、いつもならとっくに登校準備をはじめている時間を指している。急がなければ、焔来を遅刻させてしまう。

(会長が遅刻なんて……、今日は会議もあるっていうのに)

そして焔来の姿を見て、八緒ははっとした。

「焔来、着ちゃったの⁉」

「？　ああ」

いつもなら八緒が着せている制服のシャツとズボンを、焔来はすでに自分で身に着けていたのだった。

八緒はそれを呆然《ぼうぜん》と見上げる。

「……変か？」

「……っ」

問いかけられ、ふるふると首を振る。乱れてはいるが、焔来は元がいいためか、わざと着崩しているかのような格好よさがあった。

けれども八緒には、変でないことがむしろ衝撃だった。

焔来の身支度を整えるのは、八緒の役目なのだ。なのに、性交にうつつを抜かして果たせなかった。焔来に誘われたとは言っても、近侍である自分がしっかりして拒否しなければだめだったのに。

そしてそれにもかかわらず、焔来は八緒の手を必要とせずに、自分で支度を整えてしまっている。

(服を着るくらい、当然かもしれないけど……)

それでも、そのことが八緒には衝撃だった。

(でも起きないと)

呆然としている場合ではない。

寝床の上に身を起こす。そしてふと焔来の肩越しに彼の背後が目に入ってきた。

(……ん?)

見た途端、小さく噴き出してしまう。

「なんだ?」

「しっぽ……しっぽが」

ズボンにつくった穴に通すようになっているのだが、何しろ焔来のしっぽは九本もある。彼は自分でそれをするところまでは上手くできなかったらしい。上向きに曲がり、ベルト部分に挟まったままになっていた。

「すぐ直すから」

くくくと喉で笑いながら、少しだけ心が晴れた気がした。焔来にはやっぱり自分のお世話が必要なのだ。

八緒は今度こそ本当に寝床から抜け出そうとする。けれども腰に力が入った瞬間、体内からどろりと溢れ出るものを感じて、動きが止まった。かあっと頰が熱を持つ。

「どうした」

八緒は首を振ったけれども、焔来は気づいてしまったようだった。視線が下に落ち、感心したように彼は呟く。

「……凄いな」

「焔来のだろ……っ」

「……。まあな。おまえがえろいから、つい」

「俺のせいにする!?」

とは言うものの、心当たりはなくもなかった。うう、と八緒は呻いた。

「うう……なんか最近、えっちするとすっごい気持ちいいんだよね……」

最初の頃からよかったけど、ここ半年くらいか、まるで身体が蕩けるようで、焔来を咥え込んだままいつまでも放したくなくなる。何度でも中に出して欲しくなる。

「慣れたのかな」

ははは、と八緒は照れて、笑ってごまかそうとする。そんな科白のどこに煽られたのか、焔来の目にふと炎が灯《とも》った。それに気がついて、八緒は焦った。

「い……今はだめだからな！　絶対！」

「わかってる。……でも、手伝ってやろうか？」

焔来は揶揄《からか》うように言ってくる。冗談のようで、でも手伝いがてらにさわりたいと目が言っている。

「だ、め！」

そのまま傾《なだ》れ込んだりしたら、本当に遅刻してしまう。それに、いくら焔来のせいとは言っても、主にそんな手伝いまでさせられるはずがなかった。

焔来はめずらしく、少し声を立てて笑った。

「俺の湯殿を使え」

本来なら、借りていいわけがない。いつもは侍従用の浴室を使っているのだ。だが、背に腹はかえられない。

八緒は剝がした敷布とともにばたばたと飛び込んで、簡単に身体の始末だけ済ませた。洗濯はあとだ。

そして戻ってきて、焔来の制服の着付けを直す。

袴や着物と同様、ズボンを仕立てたときにも、ちょうどいい位置にしっぽ用の穴を開けてかがるのも八緒の仕事だった。その穴に焔来の豪奢《ごうしゃ》な九本のしっぽを通す瞬間が、八緒はとても好きだった。

（つやつやで、もふもふ）

至福を感じる。

身分の高い妖獣はたくさんいるけれども、こんなにも立派なしっぽを持った男は、焔来の他にはいないと思う。

顔を埋めて思い切り頬ずりをしたい気持ちを抑え、繊細に調合した香油を用いて毛皮をブラシで整える。シャツを直し、上着を着せかける。

神仔宮は昔ながらの和様式の暮らしだが、翰林院は御一新《ごいっしん》以降、欧風の校舎に建て替わっていて、制服も軍服にも似た白の上下だ。

徽章《きしょう》や勲章《くんしょう》のたくさんついた、純白に金モールの制服を身に着けた焔来は、いつもどおり美しかった。

（何も着てないときの焔来も素敵だけど、あれは俺だけのもの。……まだ、今は）

怪訝《けげん》そうな顔をする焔来に微笑んで、一緒に部屋をあとにした。

「いただきます」

と手を合わせ、続き間になった座敷で、食事をとる。毒見をするのも、仔狐の頃からの八緒の役目だった。

（美味《おい》しい）

本当だったら、棄て仔だった自分が食べられるはずもなかった高級料理を口にしている。

八緒はこれも役得だと思っていた。

万一のことがあれば、焔来のかわりに死ねることもだ。

運転手つきの自動車を降りてから、校内にいるあいだずっと、女生徒——何割かは男仔生徒たちの熱い視線が、痛いほど焔来に向けられている。

そんな彼の傍にいられる自分が、八緒は誇らしかった。

生徒たちはそれなりの家柄の者しかいないが、彼らの多くは朝夕の挨拶をする以外、あまり露骨に焔来に接触してくることはない。校内ではすべての生徒は平等が建前とはいえ、近づいてくるのは、よほど自分に自信のあるとびきりの美女か、焔来に近い身分の者たちだけだった。

「よう、焔来、八緒」

そんな中で、焔来の背中を無遠慮に叩く者がいる。緑郎だった。八緒の義兄であり、焔来の幼馴染《おさななじみ》でもある彼は、九尾狐家の家臣ではあっても気安い。

「おはよう」

「今来たのか」

焔来は緑郎に白い目を向ける。実際、すでに今日の講義は終わり、太陽は西に傾きかけた時間だった。

「まあね。会議には間に合ったんだからいいじゃん」

「当たり前だ」

「機嫌悪《わ》りぃな」

「別に。いつもと変わらない」

「ま、それもそうか」

焔来は何故だかたいてい緑郎には冷たい。けれども緑郎は、かえってそれを楽しんでいる節があった。

「なんか眠そうだね」

「ま、昨日は徹夜だったからねえ」

大欠伸《おおあくび》をする緑郎に聞けば、意味ありげに笑う。

「どうしてか聞きたい？」

「何かいいことでもあった？」

「どうせろくな話じゃないに決まっている。時間の無駄だ」

八緒が問いかけるのを、焔来が遮った。言い捨てて足を速め、さっさと会議室に入っていってしまう。

「ちょ、焔来？」

それを緑郎はくすくすと笑いながら見送って、八緒を促す。

「行ってやれよ。でないと拗《す》ねるぜ」

「う、うん……」

背中を押され、八緒はぱたぱたと焔来を追いかけた。

会長席に座る彼の隣にそっと腰を下ろす。少し遅れて緑郎も入ってきて、予定どおりに生徒会役員会議がはじまった。

出席者は、生徒会長の焔来。副会長の緑郎の他に、会計、各組から委員長がひとりずつ。八緒はおまけのようなものだが、一応書記として席をもらっていた。

最重要議題は、再来月に迫った月見だ。

七年に一度、十五夜と翌月の十三夜に月見の宴を主催するのは、生徒会の伝統である大切な行事だった。

昔は翰林院の裏手にある薄野原《すすきのはら》で、生徒全員で月見をしたというが、欧化した近年では、月下舞踏会を開くのが慣習となっていた。

「……では、今年の舞踊曲についてでは、生徒たちから回収した希望をもとに以上の十五曲と決定し、洋楽部に演奏を依頼することとする。担当は……」

（お月見か……）

焔来の朗朗とした声を聞きながら、八緒はぼんやりと昔のことを思い出していた。

彼と初めて会ったのは、月見の夜。まだ幼かったにもかかわらず、月灯りに照らされた焔来の姿がどれほど神々しく、美しく見えたか。

（思えば、あの日が十五夜だったから、今も焔来の傍にいられるんだよな……）

十五夜をともに見た相手とは、十三夜も見なければ縁起が悪い。

そういう言い伝えのために、八緒は焔来の学友兼遊び相手として選ばれたのだった。

もし初めて会ったのが十五夜でなかったら、あの日きり、二度と彼と会うことはできなかったかもしれなかったのだ。

（運命に感謝しないと）

あれから十数年。

八緒はずっと焔来の傍で、彼と一緒に毎年お月見をしてきた。

（それがいつまで続くのかはわからないけど……）

むしろ今年は、もう無理なのかもしれない。

舞踏会には、男女一組で出席するのがしきたりだからだ。会長である焔来は欠席するわけにはいかないし、そうなると彼はその相手と過ごすことになるだろう。

（焔来は誰と踊るのかな……？）

月下舞踏会で最初に踊った相手とは、生涯結ばれるというジンクスもあると聞く。

次第に近づいてくる卒業とも相俟《あいま》って、八緒は自分たちの関係の終わりを意識しないわけにはいかなかった。

「焔来……！」

会議が終わり、立ち上がったところで、委員のひとりが焔来に声をかけてきた。

焔来と同じ狐のミミを持つ彼女は、九尾狐家の分家筋にあたる彼の従妹《いとこ》で、名を華恋《かれん》という。

高貴な生まれにふさわしい美貌《びぼう》と知性を持ち、焔来の親族にはどちらかといえば疎まれることの多い八緒にもやさしかった。

なのに顔を見ればちりちりと胸が疼くのは、焔来の婚約者候補として彼女の名前が挙がっていることを知っているからだ。今のところ、最有力候補と言ってもいい。

血統を重視する九尾狐家では、血族結婚はむしろ奨励されている。中でも、血が近すぎない従兄妹同士は、最高の良縁と言われていた。焔来の両親もそうだったのだ。

幼馴染で焔来との仲も悪くないし、未《いま》だ本決まりにまでは至っていないのが、むしろ不思議なくらいだった。

「華恋」

「焔来、舞踏会のことなんだけど……」

言いかけて、ふと気づいたように八緒を見る。

「あ……、八緒君、ちょっと後ろを向いて？」

「え？……はい」

わけがわからないままふたりに背を向けると、ふいにしっぽを摑まれて、全身の毛が逆立った。焔来の手でないことは感触からすぐわかった。

「あ、ごめんなさい。乱れてたから会議のときずっと気になってて……」

華恋はそう言って、柘植《つげ》の櫛《くし》を取り出した。八緒の貧弱なしっぽに、高価な櫛を惜しげもなくすべらせる。

「あら……意外と毛が薄いのね？　猫ってみんなこうなの？」

「……いいえ」

彼女の親切に感謝しながらも、八緒はひどく恥ずかしかった。

いつもは膨らませて取り繕ってはいるけれども、もともと八緒の毛皮は薄くて少ない。ただでさえ焔来の隣にいられるような美貌ではないだけに、身嗜《みだしな》みには気をつけていたはずだったのに。

（……今朝《けさ》、慌ててたから……）

焔来の支度を整えるのが精一杯で、自分のほうは湯を浴びたまま梳《と》かしもせずに登校してしまったのだ。そのうえ気が回らず、そんな姿のまま放課後まで過ごした。

「はい。毛並みがそろったわ」

華恋は輝くような美しい笑顔を向けてくる。彼女の完璧《かんぺき》な毛並みとはそもそも比較するほうが間違っているとは思うものの、八緒は少し惨めになる。

「ありがとうございます……」

頭を下げて、ちらと焔来を窺えば、彼は眉間《みけん》に皺《しわ》をよせていた。

（……焔来にも余計な恥をかかせちゃったな……）

そう思うと、さらにいたたまれない気持ちになった。

「毛皮の手入れをするときには、椿油《つばきあぶら》を使うとだいぶばさばさしなくなると思うわよ」

「……いえ……、いつもは使ってるんですけど……」

「あ……そうなんだ？　そっか……」

意外そうに彼女は言った。それにしては艶《つや》がないのは、自分でもわかっていた。

「だったら合ってないのかも……。私が使ってるのはね」

と、しっぽを一振りすれば、艶々した毛並みが午後の陽射《ひざ》しに照らされて光る。眩《まぶ》しくて、八緒は思わず目を細めた。

軽い眩暈《めまい》と、胃のむかつきさえ感じる。これも嫉妬のせいなのかと思うと、自分が情けなかった。

「もういいだろう」

彼女の科白を、焔来は不機嫌そうに遮った。

「何か俺に用があったんじゃないのか」

「あ、そうなの。ダンスを教えて欲しいの！」

（……え）

「ダンス？　おまえに？」

その言葉には、踊れるだろう？　という意味がこもっている。華恋は舞の名手として有名だったからだ。

「ドレスを着て踊るようなダンスと舞とは違うの！」

「それはそうかもしれないが……」

「八緒君もどうせ焔来を待ってるんでしょう？　よかったら一緒に――」

華恋が八緒に話を振ると、焔来も八緒へと視線を向けてきた。眉間の皺は消えてはおらず、その表情は、八緒に邪魔だと告げているようにも見えた。

「……あの、俺はさっきの議事録を整理して、先生に届けてこないといけないので。どうぞおふたりで……」

「そう？　じゃあ帰りは私の車で送るから、八緒君は先に帰っててていいわよ」

「おい、勝手に決めるな」

「だって待たせたら可哀想でしょう？　たまには八緒君だって、焔来の御守《おも》りばっかじゃなくて、ひとりになりたいんじゃないの？」

「……そんなことは」

考えたこともない。

けれどもふたりの邪魔になることがわかっていて、無理に同行することも八緒にはできなかった。

それに先程の吐き気も強くなっていて、嫉妬のせいかと思うと我ながら情けなく、ひとりになって落ち着きたいという気持ちもなくはなかった。

「じゃあ、あの、……職務上、先に帰るわけにはいかないけど、生徒会室で待ってますので……焔来のこと、よろしくお願いします」

「あら、お願いだなんて……」

下げた頭の上から、華恋の笑い声が降ってくる。

よろしくお願いします――というのは、身内が他《た》にんに対して使う言葉だ。この場合、八緒より焔来の従妹であり婚約者候補でもある華恋のほうが、よっぽど焔来に近い立場なのではないか。

思い上がったことを言ってしまったようで、急に恥ずかしくなる。

頬がかっと熱くなったのを隠し、顔も上げられないまま、八緒はその場をあとにした。

*

ようやく華恋のレッスンを一区切りつけて、焔来は生徒会室へ向かった。

八緒は、どう過ごしているだろう。いつもは埋まっている左側に八緒の気配を感じないのが、ひどく違和感があった。

(羽を伸ばしてひとりを満喫していたりしたら、どうしてくれよう)

そんなことを思いながら、ふと廊下の窓越しに外を見下ろしたそのとき。

(あれは……緑郎)

校舎の裏庭に、猫のミミを生やした男ふたりが一緒にいるのを焔来は見つけた。

(と、志摩《しま》)

生徒会役員のひとりだ。どうやら緑郎が志摩にじゃれついては撥《は》ねつけられているらしい。

(ざまあみろ)

と、焔来は思う。

彼は、緑郎のことが気に入らなかった。へらへらした男は嫌いなのだ。決して、昔八緒とつきあっていたからというわけではなくて。

(今は、八緒は俺だけなのだから、嫉妬するには値しない。俺はそんな狭量な男ではない。……はずだ)

焔来の添い臥しを務めることになったとき、八緒が「別れてくれ」と言ったら、緑郎はあっさりと了承したと言う。

焔来はそのことにほっとしながらも、納得できないものを感じずにはいられなかった。本当に好きだったら、主君の言うことだからといって、そんなに簡単に別れられるものだろうか。

——あいつも忠誠第一だから
と、八緒は苦笑いしていたが、内心では傷ついていたのではないだろうか。

そう思うと、自分が命じておいて理不尽なのは重々承知していながら、ますます不愉快な気持ちが増す。緑郎にとっては、八緒もその他の数多い愛《あい》じんたちと変わらない程度の存在だったのだろうか?

「焔来……！」

ついに志摩を逃がしてしまったらしい緑郎が、ふいに顔を上げた。

そして焔来に気づくと、窓の傍に伸びる樹《き》にひょいと飛び上がり、そのまま二階まで軽々と登ってきてしまう。

「何見てんだよ。悪趣味だぜ？」

「下を見たらたまたま見つけただけだ」

猫の化身である緑郎には、樹に登るのは造作もないことだ。だが、ひと目のあるところでそんな真似をするのは、緑郎の身分を考えればとても褒められたことではなかった。

その点、八緒は同じ猫の化身でありながら、決してそういう真似はしない。焔来の従者であることをきちんとわきまえているからだ。

「志摩とつきあっているのか」

それが気になったのは、志摩が八緒とはまるで違うタイプだったからだ。

「まあ、今口説《くど》いてるとこ。ベッドはともにしてくれても、なかなかつきあうって言ってくれねーんだよね」

焔来は吐息をついた。

「ああいうのが好みだとは知らなかった」

「焔来のタイプじゃねーよな」

「……じゃじゃ馬は好かない」

はは、と緑郎は笑った。

「けっこう可愛いもんなんだけどな。ふだんはつんとしてても、一緒に寝てるときにごろごろ喉鳴らしてんのなんか聞こえたりすると、ああこいつ、俺といて安心してんだな、表面はともかく、心の底では信頼されてんだな——なんて思えて感動するんだぜ。やっぱ本当は俺のこと好きなんじゃないかとか」

「くだらない。そんなことで好きかどうかなんて——」

わかるものか、と吐き捨てかけ、はっとする。

(……そういえば……、八緒が喉を鳴らすのを、聞いたことがない……?)

そのことに思い至って、焔来は殴られたような衝撃を受けた。

(いや、そんなばかな)

新枕の夜からずっと毎晩一緒に寝ているのだ。聞いたことがないなんてことはないはず。

そう思って記憶をたどってみるけれども、どうしても思い出せなかった。

(聞いたことがない……)

夜中に一度抜け出して自室に帰ってしまうから、熟睡できていないのだろうか。

しかし猫が喉を鳴らすのは、考えてみれば眠っているときだけではない。心穏やかに安心し切っているとき、気持ちがいいとき、嬉しいとき——化身であってもその性質は同じはずだ。

そういえばもう一つ、焔来には気になっていることがあった。

八緒は神仔宮に来てからというもの、ずっと焔来と同じものを食べているのだ。猫の好物である魚類は滅多に食卓に上がらないから、口にしていないはずだった。たまに取り寄せてやれば喜びはするものの、そのことが辛くないはずはないのに、八緒はまったく不満を言わない。

(……遠慮しているのは薄々わかっていたが……)

それとこれとは、根は同じことなのではないだろうか。

(俺の傍にいても、安心していない……)

何故？

信頼されていないということか。ふれあっていても気持ちよくないからか。

(……俺のことを、——好きじゃないから……？)

八緒との仲は、恋《こい》びと関係というわけではない。客観的に見れば、主従関係の延長線上で伽を務めさせていることになるのかもしれない。

けれどももうずっと長く続いているし、お互い他に相手がいるわけでもない。八緒はやさしくて、どんな行為も受け入れてくれる。好かれているはずだと思っていた。

……でも、違ったのだろうか。

呆然と緑郎へ視線を向ける。

最初は、この男と引き離して、八緒を手に入れたのだった。焔来の命令を拒否できない八緒の立場を利用した。

――別れろ。……過去のことは言わん。だが、初めての閨の相手が、他の男とつきあっているのはいやだ
そんなのは、本当はただの口実に過ぎなかった。八緒を自分だけのものにするための。

(……もしかして、八緒は今でも、緑郎が好きなのか……?)

焔来を裏切っているのか。――否、もし今でも緑郎を愛していたとしても、裏切ったことになるのかどうか。

八緒は焔来に忠誠を誓ってはいるけれども、一度も愛しているなどとは口にしたことはないのだ。

(手に入れたつもりでいたのに)

もしかしてそれは勘違いだったのだろうか。

焔来は盤石《ばんじやく》だと思っていた足元が、急にぐらぐらと崩れはじめたような錯覚を覚えた。

「焔来?」

怪訝そうに緑郎が問いかけてくる。

「ああ……」

焔来は我に返り、ふと思いついたことを口にした。

「……八緒も、おまえと寝たとき喉を鳴らしていたのか？」

「え？　あ、ああ、……昔のことだからあんま覚えてねーけど、……まあ」

その答えは、焔来をさらなる淵《ふち》へ突き落とした。

（……緑郎のときは鳴らしたのに、俺には）

喉を鳴らすか鳴らさないかなど、たいしたことではない——そう思い込もうとしたが、胸を渦巻くどす黒いものが、どう足掻《あが》いても消えない。

緑郎もまた、何年も前のことを掘り返されて、戸惑ってはいるらしい。ばつが悪そうに周囲を見回す。

「そういや、八緒は？　一緒じゃないなんてめずらしいじゃん」

「それがどうした」

簡易な護衛も兼ねているとはいえ、武術という意味では焔来のほうが腕が立つし、学園内には警備員も常駐しているので、さほど危険はない。実際そこまでべったりとくっついている必要はないのだ。

だが、緑郎は聞いていない。

「我儘が過ぎて愛想を尽かされたとか」

「何をばかな」

つい声を荒らげてしまう。緑郎が無礼だからで、別に痛いところを突かれたからなどではない。

「八緒は俺に愛想を尽かしたりしない」

だがそうされてもしかたがないほど、緑郎から見て自分は我儘なのだろうか。いや、そんなはずは。

「ただ華恋にダンスを教えることになったから、そのあいだ待たせてあるだけだ」

「へえ、ダンス！」

緑郎は笑い出した。

「華恋にダンスねえ、こりゃいいや。あいつが踊れないわけないとか思わねーの？」

それは焔来も疑わないわけではなかったけれども。

「――実際、踊れていない」

「あ、そ。まあおまえが女と踊ってるあいだ、八緒も楽しく息抜きしてるかもだしな。鬼の居ぬ間に洗濯ってか」

「なっ、八緒は……！」

「わかんねーだろ？」

八緒の考えていることくらいわかる。四六時中一緒にいるのだからな。

そう言おうとして言えなかったのは、先刻の喉の話が引っかかっているせいだ。

「――そういえば、前から一回聞いてみたいと思ってたんだけど」

「どうした、急に」

「いや、ふたりで話す機会なんて滅多にないからさ。たいてい八緒がいるし」

ふいに緑郎は真顔になった。

「――おまえさ、八緒と一緒になれるわけじゃないことぐらい、わかってるんだろ？　側室くらいにはしてやる気、あんの？」

「……側室など」

そういう制度は好かない。

緑郎は重ねて問いかけてくる。

「おまえ、八緒をどうするつもりなの」

＊

（困ったな……）

生徒会室で待つ八緒のところへ戻ってきたときから、焔来は不機嫌だった。仏頂面なのはいつものことだが、それでも八緒には、微かな違いがわかってしまう。

（華恋さんと喧嘩《けんか》でもしたのかな）

そう思うと心配な反面、どこか嬉しいような気持ちも覚えて、そういう自分が厭《いと》わしかった。

神仔宮へ帰っても、焔来の機嫌は直らなかった。

八緒は他愛もないことを話しかけたりして気分を浮上させようと試みるけれども、彼の反応は鈍い。

「……華恋さんと、何かあった……？」

万策尽きて、八緒はそう口にした。

正直なところ、焔来から華恋の話など聞きたくない。

けれども焔来に悩みがあるのなら、どんなことでもミミを傾けて、解決のためにできる限りのことをするのもまた八緒の仕事だった。近侍としても、幼い頃からの学友としてもだ。

焔来は、夕餉《ゆうげ》を口に運ぶ箸《はし》を止めて、八緒に視線を向けてくる。

「おまえ……」

「うん？」

焔来は唇を開きかけては躊躇《ためら》う。八緒は彼が話すのを辛抱強く待った。

「……いや、おまえはいつも、俺と同じものを食べているな」

「うん。それが……？」

「たまには魚とか、猫まんまとかを食べたいと思わないのか？」

「うーん？　特には」

仔猫の頃から神仔宮にいるせいか、八緒の味覚はすっかり焔来と同じになってしまっているようなのだ。実家の御飯が恋しいと思ったことなどなかった。

「油揚げ大好き」

にこりと笑う。

「……そうか」

とだけ焔来は答えた。

おそらくこの話は、焔来が最初に言いかけていたこととは違ったのだと思う。もっとずっと言いづらい何かがあったのだろう。わかっていたけれども、八緒はそれ以上追及するのが怖かった。――華恋の話をされるのが。

だから、その話はそこで終わった。

食事のあとは、翰林院で出された課題などをこなし、眠る前には焔来が湯を使うのを手伝う。

彼の身体を洗い、髪と毛皮を洗う。風呂から上がると浴衣《ゆかた》を着せ、櫛と手拭《てぬぐ》いを何枚も使って毛並みを整える。

完璧に終わらせてから、八緒は自室へ下がり、自分の入浴をする。焔来は一緒に済ませればいいというが、そういうわけにはいかなかった。

「……終わったら部屋に来い」

「すけべ」

「なっ……、まだ課題だって残っているだろうっ」

いつもの科白を口にする焔来を揶揄えば、言わずもがなの言い訳をするのが可笑《おか》しい。

「そ？　じゃあ、しないの？」

「……する」

その答えに、八緒は噴き出してしまった。

（……可愛い）

自分よりずっと大きな男に対して、そう思う。

（まだ、焔来が抱くのは俺だけ）

他の誰のものでもない。今は、まだ。

3

月下舞踏会に着る焔来の衣装を仕立てるために、仕立て屋がやってきたのは、それから数日後のことだった。

広大な九尾狐家の敷地の中には、舞踏会を開くこともできる小振りな洋館も建てられている。ホールでの映りを見るために、八緒はその館の広間へ彼らを通し、採寸させた。

(燕尾服《えんびふく》の焔来……素敵だろうな)

翰林院の制服もよく似合っていて格好いいが、華やかな盛装には、また違ったよさがあると思うのだ。

——任せる
と、興味がなさそうな焔来のかわりに、仕立て屋とデザインの打ち合わせをするのは、八緒の役目だった。

「それより、おまえもついでに採寸してもらえ」

「え、なんで」

「舞踏会の衣装が必要だろう。一緒に誂《あつら》えるといい」

「そんな……俺はいいよ」

「何故」

「だって……そんな高価なもの」

焔来の服を仕立てるような店のものは、とても八緒には手が出せない。

「おまえの衣装代くらい、神仔宮で出す」

「そういうわけにはいかないって。それに、どうせ踊る相手だっていないんだし、そんないい服を着ても……」

月下舞踏会は、八緒は欠席しようかとさえ考えたのだ。実際には、主催として采配《さいはい》を振るう焔来の補佐があるので出席しないわけにはいかないが、踊ってくれる女性のあてもないし、そもそも焔来以外と踊りたいとはあまり思わなかった。

(焔来は華恋さんと一緒なんだろうし……)

それを目の当たりにするのは辛いけれども、夜会服に身を包んだ焔来の晴れ姿はやはり見てみたいと思う。

「……。いいから測れ。費用は神仔宮で出す」

けれども焔来はそう言って、仕立て屋を促した。

「失礼いたします」

仕立て屋はその言葉に従い、先程焔来にしたのと同じようにして、八緒の身体を測りはじめる。

「あの、焔来……」

「……おまえには、どっちにしても当日は俺の傍にいてもらわなくてはならないからな。うちの者として、恥ずかしい格好で出てもらっては困る」

そう言われてしまえば、八緒に拒否する選択肢はなかった。どことなく不機嫌が続いたままの焔来に逆らいたくないという気持ちも働いたし、何より焔来に恥をかかせるわけにはいかない。

「……ありがとう」

八緒は素直に両手を広げて採寸されるに任せる。費用だけは、なるべく返そうと思う。神仔宮に仕えるようになってから給金はほとんど使っていないから、それなりには貯《た》まっているはずだ。

「……舞踏会のパートナーのことだが」

彼らが皆帰ってしまい、ふたりきりになると、焔来は言った。めずらしく歯切れの悪い、どこか言いづらそうな口調だった。

「あ……うん」

覚悟はできているとはいえ、焔来の顔は見られなかった。さりげなく資料を片づけるふりで八緒は目を逸らした。

「華恋さんと踊るんだろ。お似合いだと思う」

それでも、焔来の口から聞くのは辛くて、つい自分から名前を出してしまう。そして自分が言った言葉に、自分で胸を抉られた。

翰林院でも神仔宮でも、あれから毎日レッスンを繰り返すふたりに、彼らが舞踏会の当日にパートナーとなるのはほとんど既成事実のように囁かれていたし、卒業を待ってそのまま輿入《こしい》れになるのでは、とも言われていた。

ふたりは、月見の宴で一対として踊るだけではないかもしれない。そのまま生涯にわたって添い遂げるのかもしれない。

辛くても、笑ってふたりを祝福しなければならない。

八緒はそう覚悟を決めようとするけれども、なかなか上手くはいかなかった。

(ふたりが結婚するならめでたいじゃん)

悪いことばかりじゃないのだ。ふたりが一緒になれば、八緒もきっと生きているうちに焔来の仔狐を見ることができる。

(……ふたりの仔狐は、きっと凄く可愛いだろうな)

お世話係にしてもらって、きっと可愛がる。毎日一緒に遊んであげる。

そう考えることだけが、八緒にとっては癒しだった。けれども思い浮かべる仔狐は焔来の小さい頃そっくりで、どうしてもあまり華恋には似ていない。

「……八緒」

「ふたりが踊る姿は素敵だろうな。翰林院で一、二を争う美男美女だし。——そういえば知ってる？　月下舞踏会で最初に踊ったふたりは結ばれるってジンクスがあるんだって？」

「八緒……！」

焔来に声を荒らげて名を呼ばれ、肩を摑まれて、八緒はびくりと口を噤《つぐ》んだ。

低く、焔来は言った。

「俺と踊るのはそんなにいやか」

「え……？」

焔来が何を言っているのかわからなかった。八緒は彼を見上げて、ただ首を傾《かし》げる。

「俺が華恋と踊っても……おまえは嫉妬さえしないのか？」

「嫉妬……？」

そんなの、するに決まっている。焔来が彼女とレッスンをするようになってから、胸の中にぐるぐるとどす黒い渦が蜷局《とぐろ》を巻いて、這いずり続けているかのようだった。苦しくて息が詰まる。

でも、八緒はそれを口にしていい身分ではない。

「そのあと、彼女と結ばれても？」

「――……」

それでもいい、と言うことも、どうしてもできなかった。唇から溢れてしまいそうな思いを、ただきゅっと引き結んで堪える。

「……緑郎と踊りたいか？」

「え……？」

予想もしていなかった問いに、八緒は目をまるくした。どうしてここで彼の名前が出てくるのか、わからなかった。

「な……何言って」

「俺が身を固めれば、あいつのところに帰れるとでも思うのか」

焔来は見たこともないような怖い顔をしていた。八緒はよく理解できないままに、左右に首を振った。声が出てこなかった。

「だが知っているか、あいつは今は他の猫に夢中だぞ」

呆然とするばかりの八緒を、焔来は長椅子《ながいす》に押し倒した。

「焔来……？」

彼は八緒の着物の襟を開こうとする。

「ちょ、焔来……っ」

「いやなのか？　これがおまえの務めだろう」

うとする。

「……いやなんて……」

仕事だろう、と言う焔来の言葉に小さな痛みを覚えながら、八緒は彼の手を押しとどめよ

いやだと言えばやめてくれるのかもしれない。だが、言えなかった。焔来がふれてくれる

のは、やっぱり嬉しいからだ。

「でも、部屋いこ？」

けれどもその提案を、焔来は無視する。乱暴に袴を抜き取られ、着物をはだけられる。

「ちょ、焔来、こんなところで……っ」

「たまには違う場所もいいだろう」

これまで身体を繋げるのは、焔来の部屋か、たまに湯殿くらいと決まっていた。他の場所

でしたのは、初めてのときだけだったと言ってもいい。

「でも……っ、誰かに見られたら」

中庭に面したテラスは開け放たれたままだ。前を誰かが通れば見えてしまう。その向こう

には神仔宮がある。庭は広く距離があるうえに、木々が茂ってはいるが、完全な目隠しにな

っているわけではないのだ。せめて扉を閉めて欲しいと言っても、灯りを消して欲しいと言

っても、焔来は聞いてくれない。

「見られたとしても、何を困ることがある？　おまえとのことを本当に知らないやつなど、

この宮には誰もいない」

それでもやはり、白い目に晒《さら》されたくないという気持ちはあった。新枕のあと、ひどく乱れてしまったことで見張り役に嫌みを言われたこともあったし、本来ならあの夜だけで終わっていたはずの御役目なのだという後ろめたさもあった。

「じゃあ、口でするのじゃだめ？　最後までしたいんだったら、あとは部屋でさ……？」

八緒は返事も待たずに長椅子を降り、焔来の脚のあいだに跪《ひざまず》いた。

ズボンの前を開けると、彼の欲望は、わずかに兆している程度でしかなかった。そのことに少し戸惑いながら、いつものように手を添えて舌先を這わせる。

だがその途端、焔来は八緒の頬を摑んで口を開かせたかと思うと、自分のものを突き立ててきた。

「焔……っんうぅっ……！」

ぐんと大きさを増したもので八緒の喉の奥深くまで犯し、そのまま腰をつかいはじめる。

「ん、ぅんっ、んんっ、……っ！」

口淫《こういん》などこれまでに数え切れないほどしているが、いつもとはまるで違っていた。奉仕とも愛撫とも違う、ただ口腔《こうこう》を道具として使われているかのようだった。

（……どうして？）

焔来がひどく怒っている――逆鱗《げきりん》にふれてしまったのだということを、悟らないわけにはいかなかった。けれどもその理由は、八緒にはあまりはっきりとは理解できていない。

そんな扱いをされても、慣れた身体は反応してしまう。

上顎から喉を擦られ、奥を突かれるたび、腰がいやらしく揺れる。苦しいはずなのに、下腹がずきずきして、下半身をくねらせずにはいられなかった。

「……ッ……っ！」

焔来が息を詰めた。直後、喉の奥に熱いものが迸った。

「んんぐ……ッ‼」

何故だかその感覚に恍惚として、背筋が震えた。たとえ唇でも、彼を受け止めたときは、いつもこうなる。

八緒は半ば呆然としたまま、それを飲み下した。そのままぐったりと崩れ落ちる。焔来の膝に凭《もた》れ、肩を喘がせながら目を閉じて、このまま眠ってしまいそうだった。

「……八緒」

降ってくる焔来の声が心地よい。

「……飲んだのか？」

どこか心配そうに問いかけてくる彼に、八緒はふにゃりと笑った。

「だって……吐き出したりしたらもったいないじゃん」

焔来の仔狐になる「もと」が入っているのだ。本当は一滴も零さずに体内に取り込みたかった。

(俺が飲んでも、何が起こるわけでもないけど……)

というか、そもそも誰であっても、口から身籠ることなどできるわけもないのだったが。

「イったのか」

「え……?」

重ねて問われ、八緒はそろそろと視線を落とし、先程焔来にはだけさせられたままの着物の狭間《はざま》を覗き込む。そして愕然とした。

「嘘……っ」

下腹がべっとりと濡れていた。いつのまに、と思う。

(もしかして……焔来のを飲んだときに……!?)

なかば朦朧《もうろう》としてはいたものの、あのときたしかに全身に痺れるような甘い感覚が走ったのを、八緒は覚えていた。

かあっと全身が熱を持つ。これまで何度となく焔来のものを咥えてきたけれども、吐精を受け止めただけでふれられもせずに達したのは、これが初めてのことだった。

(……なんで、こんな)

顔が真っ赤に染まっているのが、自分でもわかった。いたたまれなくて、小さくまるくなる八緒を、焔来はくるりと表にひっくり返す。

「ひゃ……っ」

「……ひくついてるな」

「み……見んな……っ」

床に押し倒され、閉じようとする膝を摑まれて、容赦なく割り広げられる。焰来の視線を痛いほど感じて、八緒は泣きたくなった。

「……続きは部屋で、って……」

「約束した覚えはないな」

「や、んっ……！」

中止を訴える唇を唇で塞がれる。乗り上げるように覆い被さられ、舌を搦めとられて、なんの抵抗もできなかった。

「んっ、んん、……っ焰来……っ」

力の抜けたタイミングを見計らうように、てのひらが着物の中にすべり込んでくる。内腿《うちもも》を撫でられ、慌てて押しのけようとするが、ぞくぞくして力がまるで入らなかった。

身体がもう、ゆるしてしまっているのだ。

後ろの孔に宛がわれ、力を込められる。

「だめ、無理だって、そんないきなり……っあ……！」

ぐい、と強引に押し入ってくる。気が遠くなるような痛みが走った。

「痛……」

と思わず口を突いて出る。

「その割には濡れているぞ」

「濡れ……っ？」

指摘され、ミミを疑う。そんなばかな。

「ほら、挿入っていく」

「う、あ、あ……っ」

裂けるような苦しさがあるのに、焔来を受け入れることに慣れた身体は、こんなにも無茶をされても彼を拒否することができなかった。どんな無茶も、焔来のすることなら身も心も受け入れてしまう。

「……っく……ぅっ」

自分を犯す男に、いつのまにかぎゅっと縋りついていた。自ら脚を広げ、身体の強ばりを解こうとする。

「はぁ……は……」

焔来がいつもの位置まで届くと、八緒はほっと息をついた。

(全部……はいった……)

すっかり納まってしまうと、焔来はすぐに動きはじめた。

「んん、待っ……」

普段なら、なじむまで待ってくれる。そもそも濡れないその場所を気遣って、潤滑油になるものを使ってくれる。

そのどちらもあたえられずに、八緒は悲鳴をあげた。

「うぅ……っ」

開け放した扉を気にして、声を必死で噛み殺す。

それでも、思っていたよりは動きはなめらかだった。もしかしたら本当に濡れているのではないかとさえ思う。中を擦られれば、苦しいながらも身体は快感を拾いはじめる。

「あ……！」

いつもの場所を突かれ、快感が苦痛を上回った。唇を押さえても、次第に夢中になり、我を忘れる。もともと声を慎《つつし》む習慣などないのだ。そんなことをしたのは、初めてのとき一回きりだった。

「あ、そこ、……やだぁ……っ」

一番奥をごりごりと抉られ、思わず口走る。

「おまえのいいところだろう？」

「悦《い》い、けど……っ」

突かれたら凄く気持ちいい。ぐりぐりされるのも好き。だけどこの頃は開発されすぎたの

か、感じすぎて辛いくらいなのだ。

「あぅ、あ、あぁ、はぁ……っ」

焔来の袖《そで》を握り締めて、だめ、と訴えても、聞いてくれるわけもなかった。八緒の身体の底の底にいるはずなのに、さらに拓《ひら》いて挿入ってくるような感覚がある。

「あんんっ、や、深い……ッ」

気持ちよさに目が眩《くら》む。わけがわからないほど感じて、ぼろぼろと涙が零れた。無意識に彼の腰に脚をぎゅっと絡ませ、挟み込む。

(怖い)

八緒は揺さぶられるまま、焔来の背に縋りついた。


いつのまにか気を失い、気がついたら焔来の部屋で、彼の腕の中に抱かれていた。

(焔来が連れて戻ってくれたのか……)

半裸のまま、抱いて移動したのだろうか。主君にそんなことをさせてしまった申し訳なさを覚えるとともに、もしかしてそんな姿を誰かに見られたのではないかと思うと、素直に感謝していいものかどうか悩む。

八緒は小さく吐息を零した。

ともかく、前のように見苦しい姿で登校することは避けたい。

焔来にしては気の利いたことに、軽く拭ってはくれているようだが、それでもこのまま出かけられる状態ではなかった。

彼を起こさないように細心の注意を払いながら、八緒は身を起こす。今回は、どうにかそっと褥を抜け出すことに成功した。

執拗な行為のせいか、寝不足のせいか、一応眠ったにもかかわらず、疲れは抜けていないようだった。

八緒は軽い眩暈に耐えながら、侍従用の浴室までたどりつき、簡単に身体を洗った。他に誰もいなかったことにほっとした。

「……っ……」

なんとなくわかってはいたけれども、体内には焔来が注ぎ込んだものがたっぷりと残っていた。

正直なところ、何度中に出されたのか覚えてはいない。ただ身体の重さに、ずいぶんと好き勝手にされてしまったらしいと思う。鏡を見れば、目の下にくっきりと隈ができていた。

(ただでさえぱっとしない見た目だっていうのに……)

やれやれだ。

とはいうものの、八緒には腹立たしさよりも気恥ずかしさのほうが強かった。

(怒ってたのは、むしろ焔来のほうだ……)

気を失うまで八緒を苛むほど、何が焔来の気に障ったのだろう。よくわからなかった。疲労でぼうっとして、考えが上手く纏まらないせいもあるのかもしれない。

少しだけ頭が痛むし、湯船にゆっくり浸《つ》かって癒されたいところだったけれど、そんなわけにもいかない。焔来を起こして身繕いをしてやらなければ。

掛かり湯をして、立ち上がる。

くらりときたのは、その瞬間だった。

(やば……)

またか、と思う。最近こういうことがよくある。心の不安定さが身体にまで影響しているのだろうか。

目の前がさあっと暗くなり、身体が傾ぐ。よろめきながら縋るものを求めて伸ばした手が空振りし、八緒はそのまま何かに倒れかかった。ガシャーンと大きな音がして、それが引き戸だったことがわかった。

「あ……」

硝子《ガラス》が割れなかったのは幸いだったけれども、ひどい音を立ててしまった。誰にも気づかれていませんように……と願う暇もなく、足音が聞こえてくる。

「八緒⁉」

ほんのわずかのあいだ、意識を失っていたようだった。呼びかけられて薄く瞼を開けると、覗き込んでくる焔来の顔がぐるぐる回った。

「八緒……‼」

「焔来……」

「……大丈夫か」

抱き起こし、心配そうに問いかけてくる。そんな姿はひどくめずらしくて、つい頬が緩んでしまうけれども。

「なんで……焔来がここに……？」

「目が覚めたらおまえがいなかった。俺の湯殿にもいなかったし、こっちじゃないかと思って来てみたら、大きな音がして」

「……だからって……侍従棟まで来るなんて……」

「倒れたやつの吐く科白か」

「ちょっと、立ち眩みがしただけだって。……ちょうど引き戸にぶつかっちゃったから大きな音たてちゃったけど」

たいしたことはないのだと言えば、焔来は八緒の顔に手をふれ、髪を掻き上げた。

「……ひどい顔をしている」

「悪かったな、どうせ美形じゃないよ」

「そういう意味ではない！　顔色のことを言っているんだ。……まったくおまえは」

焔来は深くため息をついた。呆れたような顔をしながらも、瞳には気遣いが滲んで見え、本当は昨夜《ゆうべ》のことを反省しているのだとわかる。あやまりたくてもあやまれない、心配しても心配したとは言えない彼の性格は、誰よりも八緒がわかっていた。

（もう、いいのに）

過ぎたことだ。それに、拒み切れずに流されてしまった自分にも責任はある。

八緒は焔来の腕から身を起こした。

「おい……！」

「もう大丈夫だって。支度しなきゃ、間に合わないし」

少しよろめくが、眩暈は治まっていた。八緒は脱衣所に用意してあった手拭いで身体を拭《ふ》き、替えの浴衣に手を伸ばす。ぼうっとしてよくわかっていなかったが、考えてみれば焔来の前で裸を晒していたことになるのが、今さら恥ずかしかった。

けれども一瞬早く、焔来がそれを取り上げてしまう。そしてふわりとひろげたかと思うと、八緒をくるみ、抱き上げた。

「ちょ、焔来……っ」

冗談ではない。こんなふうに主君に抱かれて運ばれるなんて。昨夜のように意識がないのならまだしも、正気の今はとても受け入れられるものではなかった。

「なっ、何考えてるんだよ……⁉　だめだってば、下ろせよ……っ」

ばたばたと八緒は暴れた。何度も下ろしてくれるように頼んだが、焔来は聞いてはくれなかった。誰かに見られたらと思うと気が気ではなかったが、

「騒ぐと起きてくるぞ」

と脅されれば、おとなしくするしかなかった。

ようやく焔来の寝床に下ろされたときには、ほっとして全身の力が抜けるようだった。

「信じられない……こんなことして」

「たいしたことはしていない」

「たいしたことだってば……っ」

焔来は自分の立場がわかっていない。

「水を飲むか？」

「え？　ああ、自分で……」

水差しに手を伸ばすが、これも先に取り上げられてしまう。かと思うと、焔来はコップに注いだ水を含み、八緒を抱き起こす。そのまま口移しに飲まされた。

「ん、ん……っ、ここまでしてもらうほど病《びょう》にんじゃないってば……」

飲み込んで、言いかければ、頭を押し当てられる。

「熱があるじゃないか」

「……熱じゃないと思う」

思いもよらないことをされて、顔がひどく火照《ほて》っているのだ。

けれども焔来は聞かずに、額に口づける。同時にすっと熱さが引いた気がした。焔来が妖術で吸い取ってくれたのだ。

「あ……ありがと」

だが、彼は言った。

「おまえ、今日は休め」

「な……何言ってんの」

「そんな体調で行かせられるわけがないだろう」

「大丈夫だって……！　熱も引いたしさ、焔来をひとりで行かせるほうがだめだろ……！」

「応急手当のようなものなのはわかっているだろう。ひとりで登校ぐらいできる。他のやつらは皆そうしているのだからな」

「他のやつと焔来は違うだろ……⁉」

学園の生徒たちは皆それなりの家柄の出自だが、それでも焔来とは身分が違うのだ。焔来のことを他の皆と同じに考えることなどできない。

「では誰かに迎えに来させる。それでいいだろう」

「華恋さんに⁉」

つい、口を突いて出てしまう。焔来は銀の瞳をまるくして、やがて小さく笑う。八緒ははっと目を逸らした。

「華恋だといやなのか？」

いやだ。けれど八緒にはそれを言う権利はない。

「では、緑郎にしよう」

「……いくら友達でも緑郎にそこまで……」

「たまのことだ、いつも世話をかけられているのだからかまわないだろう」

「焔来……」

たしかに華恋よりはずっといいけれども。

「とにかく、おまえはここで寝ていろ。侍従長には言っておくから」

そう言って、焔来は八緒の額に軽くふれた。その途端、八緒は動けなくなった。

「……っこ、これ」

術をかけられたのだ、とわかった。零位の高い妖狐なら、他者にこういった術をかけることもできる。だが焔来はこれまで、治癒以外でこの手の力を八緒に向けたことなど一度もなかったのに。

「焔来、支度は……⁉」

「自分でできる」

八緒を寝床に留めたまま、焔来は支度をはじめた。

制服を自分で取り出し、シャツ、上着と羽織っていく。

（いつもなら、俺が羽織らせてやってたのに）

自分でこなす焔来を見ているのが、なんだかひどく切なかった。焔来のことを、この程度のこともできないとまで思っていたわけではないのに。

「焔来、俺がやるから」

制服の釦《ボタン》に手間取り、段を間違える焔来に思わず声をかけたが、無視されてしまう。

「焔来……」

焔来はそれでもどうにか釦を留め終えると、ズボンを穿《は》き、後ろの穴からしっぽを取り出そうとする。

毛量が多いだけに自分では難しいらしく、それはなかなかうまくいかなかった。

「焔来、な、俺がやるって。……だからこれ、解いて」

「……うるさい。おとなしく寝ていろと言っている」

「でも遅刻するだろ、な」

「……」

ちら、と焔来はようやく八緒に視線を向けた。言うことを聞いてくれる気になったのかと思わず笑みを浮かべるが、彼はふいっと襖のほうへ視線を向けた。

「誰か！　誰かいないか！」

「はい、ただいま」

小姓のひとりがばたばたとやってきた。ふだんは八緒が補佐として使っている仔で小砂《こずな》という。焔来のことは八緒が自分ですべてしているから、あまり出番はないのだけれども。

「お呼びでございますか」

小砂は怪訝そうに、寝ている八緒と焔来を交互に見て、問いかける。

「しっぽを頼む」

「え？　は、はい」

「焔来……っ！」

声は悲鳴のようになってしまった。

他の召使いが、焔来のしっぽにふれる。それを摑んで、穴から引きずり出す。たったそれだけのことなのに、見ていると涙ぐんできた。

「そんなに乱暴にしたら、しっぽが……」

「す、すみません……っ」

小砂は謝るが、八緒の言葉を焔来は無視する。

「ブラシもかけろ」

「は、はい」

自分ではない者が、焔来の美しいしっぽにブラシをかけていく。

ただそれだけのことなのに、何故こんなにも動揺してしまうのか。自分でも不安定すぎると思う。けれどもどうにもならなかった。

(俺じゃなくてもいいんだ)

焔来は誰にでも世話をさせるし、しっぽにもさわらせる。供も緑郎でもいいという。まるで自分などいなくてもいいと言われたような気がした。

ぼろぼろ溢れてくる涙を拭うこともできず、八緒は顔を背ける。

「……行ってくる」

ややあって、焔来の指がそれを拭った。ミミと髪を撫でられる。そのやさしい感触にいっそう切なくなって、八緒は頭を振り、彼の手を払った。

焔来と暮らすようになってから、こんなに泣いたのは初めてだった。

泣き疲れるようにしていつのまにか眠り、目が覚めたら術は解けていた。眩暈や吐き気もほぼ治まり、頭もすっきりしている。

冷静になってみると、ただ学校を休んで寝ていろと言われただけで、そして世話をしなくていいと言われただけで、あんなにも取り乱すことはなかったのだ。

(焔来が心配してくれただけなのはわかってたのに)

昨日無理に抱いたこと、彼なりに悪かったと思って、気を遣ってくれただけなのだ。口に出して謝ったり、心配したりするのが苦手なだけで、本当はやさしい男なのだということはわかっていた。

(……なんか凄く不安定になってたよな)

小砂に平気でしっぽにふれさせていた焔来を思い出せば、やはり胸がずきずきするけれど、あんなふうに泣くことはなかった。焔来も驚いたことだろう。

(焔来、今頃どうしてるかな)

もうじき昼休みになる頃だ。

いつもなら、生徒会室で八緒と一緒に重箱を広げているけれども、今日はもしかしたらひとりなのではないだろうか。

(……寂しがってないかな)

それとも緑郎がつきあってくれているだろうか。

常に八緒がつき従っている焔来と違って、緑郎は昼休み中女生徒に囲まれていることが多い。だが、今日のような場合でなくても、たまには彼女たちから逃げて、八緒たちに合流することもあるのだ。

(別に寂しがってるわけないか……)

それよりむしろ、これ幸いと女生徒たちに群がられているかもしれない。

もみくちゃにされて辟易《へきえき》していないだろうか。それともけっこうまんざらでもなかったりするのだろうか。

でも、もしそんな中に危険《きけん》じん物《ぶつ》が混じっていたら？

刺客《しかく》が紛れ込んでいたり、それほどでなくても好意が高じて行きすぎた行動に出る者がいたら。

(……危険な目に遭ったりしてないよな？)

緑郎もいるし、もともと校内には警備員も配置されていて部外者は入れない。危険な場所ではないはずだ。それに、万一何かあれば神仔宮に連絡があるだろう。今のところそんな気配は感じられない。

だが、我ながら過保護すぎるとは思うものの、案じる気持ちは消えなかった。

(だって焔来は特別だし)

並ぶ者のない大切な身の上なのだ。何か起こってからでは遅いし、心配してしすぎることなんてない。

(……学校、行ったらだめかな)

と、八緒は思う。

すっかり体調はよくなったのだから、登校しても問題はないのではないだろうか。

(焔来には怒られるかな……)

今日は一日休めという命令なのだ。逆らったら怒るに決まっている。できればこれ以上、喧嘩はしたくなかった。

(でも、こっそりようすを見るくらいなら?)

陰からちょっと見て、焔来がいつもどおりに過ごしていることを確認したら帰ればいい。それなら焔来を怒らせることもないし、自分も安心できて、一石二鳥だ。

思いつくと、八緒は飛び立つように布団を抜け出した。

身嗜みを整えて、制服を着ると、裏口の一つから外へ出る。隠密行動でもあり、ひとりで神仔宮の自動車を使わせてもらうのも気が引けたからだ。さいわい通りかかったじん力車《りきしや》を拾うことができた。

(あ……)

翰林院に着いて、代金を払うために巾着《きんちやく》を取り出す。そのときになって、八緒は狼狽えた。

(根付《ねつけ》がない……!)

紐《ひも》につけておいた根付が、いつのまにかなくなっていたのだった。

（どうしよう）

高価な品ではないと思うが、八緒が棄てられたときに唯一持っていたものだったと鞍掛の義母から聞いていた。今さら生みの親のことなどどうでもいいようなものだが、それでもなくしたとなると動揺せずにはいられなかった。

（どこで落としたんだろう。……いつのまに？）

焔来の御供をしていると、たいていのものは後払いで神仔宮に請求が行くことになるし、現金を使う機会が少ない。巾着は一応常に携帯しているけれども、袂《たもと》か制服の隠しに入れたままで、この頃あまりちゃんと手にした覚えがなかった。

「どうかしましたか」

車夫が声をかけてくる。

「あ、……根付を落としたみたいで」

じん力車《りきしや》に乗ってから今まで巾着はしまったままだったから、落としたのは神仔宮のどこかか、もしかすると翰林院かもしれない。

車夫は車の中や足もとを見てくれたが、やはり見つからなかった。

（……罰が当たったのかも。焔来の言うことを聞かなかったから）

何しろ焔来は、半分神様のようなものなのだから。

それでも、ここまで来て引き返すのも虚《むな》しくて、八緒は車夫に代金を払うと、校内へと入っていった。

(焔来、どこにいるかな)

昼休みは半分以上過ぎてしまっている。昼食はもう済ませてしまい、生徒会室で仕事をしているだろうか。

(だとすると、向かいの棟の窓から見えるかな……?)

焔来の顔を見たら……問題なくふつうにやっているのを見たら帰ろう。

八緒は目立たないように、向かいの棟の裏階段から二階へ上がった。さいわいひともまばらで、八緒を目ざとく見つけるような者もいない。

(生徒会室は……)

八緒は窓辺に立って探した。

(あの部屋か)

けれども、室内には誰の姿もない。

「なんだ……」

つい声が漏れる。

もう昼食は食べ終わってしまったのだろうか。そのあと焔来はどこに行ったのだろう。教室に戻ったのか、それとも図書館にでも行ったのかもしれない。

そんなことを思いながら、ふと下の階へ視線を移したときだった。

華恋だ。

（焰来……！）

舞踏室と思われる部屋に、彼の姿を見つけた。

けれどもぱっと嬉しくなったのも束の間《つかま》、彼はひとりではなかったのだ。一緒にいたのは華恋だ。

ふたりはダンスの練習をしていた。

舞姫であるはずの華恋の踊りは予想よりもだいぶ下手で、何度も焰来の足を踏みそうになっては注意されている。そのたびに華恋は甘えたように微笑って謝っているようだ。焰来は憮然とした顔をしながらも、まんざらいやがっているわけではないらしいのは、八緒にはわかる。

「……っ」

ふたりは月下舞踏会で踊るのだから、練習をしていてもなんの不思議もない。またこの技量なら、華恋が少しでも上達しておきたいと思うのもよくわかった。

なのに、胸がずきずきする。

思わず目を逸らすと、隅の小卓にふたりぶんの重箱が並んでいるのに気がついた。

（……お弁当も一緒に食べたのか……）

だからどうということはない。そのために、邪魔な自分を家に置いていったのかもしれないなんて思っているわけじゃない。焰来はそういう男ではない。

（それに俺、邪魔なんかしないし。……いつかは、……近いうちには、焔来が華恋さんみたいなひとと一緒になるのはわかってたし）

でも。

翰林院に通っているあいだくらいは、猶予があるのではないかと思っていた。

（……とにかく、俺がいなくても楽しくやってるってわかってよかったじゃん）

何も心配するようなことはなかったのだ。

（……帰ろ）

くるりと窓辺に背を向ける。

その瞬間、ぐらりと視界が回った。

（あ……またた。……なんで？）

本当にどこか悪いのだろうか。吐き気が込み上げ、八緒は本能的に近くにあった手水《ちょうず》へ駆け込んだ。手洗い場で戻してしまうと、少しだけ楽になった。

口を漱《すす》いで拭い、ふらつきながら外に出て、崩れるように座り込む。

（……どうしたんだろ。これまで滅多に吐いたことなんてなかったのに）

急に不安になる。

（もしかして、本当に病気だったりしたら、どうしよう）

それでも、いつまでも座り込んでいるわけにはいかない。

ひとに見つからないうちに……と、どうにか起き上がろうとする。そして顔を上げた八緒は、目の前に立っていた少女の姿に、飛び上がりそうになった。

「華恋様……」

「大丈夫？　なんだか具合悪そうだけど」

一番醜態を見られたくない相手に見つかってしまった。昼休みが終わったのだろうか、ダンスの練習は切り上げたらしい。

「……大丈夫です」

「っていうか、今日はお休みなんじゃなかったの？」

八緒は答えに詰まる。けれども窮するまでもなく、彼女は勝手に喋《しゃべ》り続けた。

「せっかくお目付け役がいなくて自由にゆっくりできるんだから、って焔来が嬉しそうに誘ってくれたから、お昼を一緒に過ごしてたんだけど、申し訳なかったかしら」

「……いえ」

（……せっかく自由にゆっくりできるんだからって、嬉しそうに……）

その言葉に、胸を抉られる。焔来はいつも八緒が一緒にいることを、鬱陶しいと思っていたのだろうか。

「焔来がね、私にもっとダンスの練習をしろってうるさいの。まあ無理もないわよね。パートナーが下手だと彼も一緒に恥をかくことになるんですもの」

うっとりと彼女は語る。

月下舞踏会でふたりが踊ることははっきり決まったのだろうか。そんな思いが表情に出てしまっていたらしい。

「ええ。当然でしょ？」

と、彼女は美しく微笑った。

「……っ……」

「あら、やっぱり顔色悪いわよ？」

「大丈夫ですから」

彼女が伸ばしてきた手を、八緒は思わず振り払った。

「そ？」

「……」

「……ねえ、あなた」

と、彼女はふいに言った。

「もしかして、仔ができたんじゃない？」

「……え？」

（……仔？）

「このあいだまで、出産のためにお姉さんが実家に帰ってきててね。だから見覚えがあるの。

孕んでるんでしょう」

何を言われたのか、わからなかった。考えたこともなかった指摘に呆然として、言葉が出てこない。なのに何故だか鼓動が早くなる。

「誰の仔？　焔来の仔のわけないわよねえ。そもそもあなたが彼の御添い臥しに選ばれたのは、間違って孕む心配がないからだったくらいだもの。……ということは、もしかして緑郎君の？」

「そんな、まさか……！」

緑郎とそういう仲になったことなど、本当は一度もないのだ。孕むとしても緑郎の仔であるはずがない。

（……っていうか、焔来以外に抱かれたことなんてない）

だが、種族の違う焔来の仔もまた、八緒には孕むことはできないのだ。つまり、仔ができたなどということ自体があり得ない。そう思いながら、無意識に腹に手をあてる。

「焔来はまだ知らないんでしょ。知ったらどう思うかしら」

「そんなこと……知らないも何も、あり得ません」

だが彼女は取り合ってくれない。

「焔来にばらして欲しくなかったら、約束して。私たちの邪魔はしないって」

「邪魔なんて……」

八緒は華恋の豹変《ひょうへん》に呆然としていた。

孕んだなどということはあり得ない。だが同時に、ふたりの邪魔をする気など、最初からなかった。できるとも思わなかった。

「そう。じゃあ、協力してくれる？」

「協力……？」

「手はじめに……、私たち、一緒に踊ることは決まっているけど、彼まだ正式に申し込んでくれないの。あなたがひとりになることを気にしてるんじゃないかと思うのよね。いいから私と踊るようにって、あなたからも言ってくれない？」

いつもの笑顔に戻った華恋が、小指を差し出してくる。

「はい。指切り」

どうしても躊躇いを覚えずにはいられない八緒の指に、華恋は自分から強く指を絡めてきた。

「どこへ行っていた⁉」

焔来の帰宅を知り、八緒は転がるように迎えに出た。いつもよりだいぶ遅い時間だったことが心に引っかかったけれど、昼間のことはともかく、半日ぶりに彼の顔を見られるのが嬉しかった。

けれども玄関に出た途端、怒鳴りつけられた。

「え……っ？」

八緒は目をまるくする。

「昼間、侍医長を呼んであったのに、おまえはいなかったそうだな。連絡があった。どこへ行っていた」

「あ……」

焔来は、具合の悪い八緒のことを心配して医師を――それも侍医長を手配してくれていたのだ。そのことが嬉しいのと同時に、罪悪感が押し寄せてきた。

正直に、翰林院へ行ったことを告げて謝ろうか。怒られるだろうけど、そうするのがきっと一番いい。

そう思った瞬間、焔来が華恋と踊る姿が瞼に蘇《よみがえ》って、言葉が詰まった。しかも、翰林院へ行って何をしたと答えればいいのだろうか。

焔来は、そんな八緒を怖い目で見下ろす。

「……緑郎と会っていたのか」

「え？　なんで？」

何故そんなことを聞かれるのかわからず、素で答えてしまう。焔来は目を逸らす。

「……別に。ただ、あいつも昼間いなかったからな」

「そうなんだ……」

と答えつつ、緑郎がいなかったわけではなく、焔来が他のひとと過ごしていただけではないのかと思わずにはいられなかった。

（……華恋さんと一緒だったくせに）

焔来は無言で答えを促してくる。八緒はしかたなく唇を開いた。

「……ちょっと寝たらすっかりよくなったから、学校に」

「学校だと⁉」

「焔来がどうしてるかって心配だったし。……でも生徒会室にはいなかったし、結局見つけられなくてそのまま帰ってきちゃったんだけど」

「それだけか」

「うん……」

「緑郎とは会ってないのか？」

「うん」

華恋と一緒のところを見たことも、華恋と会ったことも、結局言えなかった。

「おまえというやつは……」

「……ごめんなさい」

焔来は深くため息をついた。

「もういい。とにかく明日こそは侍医長に診《み》てもらえ」

「で、でももう大丈夫だけど。今日は体調もよかったし。それに、俺に侍医長なんてもったいな……」

「診てもらえ。命令だ」

「……はい。わかりました」

命令と言われれば、八緒にはそう答えるしかなかった。

「まったく、ただでさえおまえは寿《じゅ》……」

「え？」

「……いや」

何を言いかけたのか、問い返すと焔来は首を振った。

「翰林院にも来るな」

「え……!?」

「登校していたら診てもらえないだろう？　終わったら、そのまま俺が帰るまで横になっていろ」

「なんで、もう大丈夫だって言ってるじゃん……！　俺、邪魔とかしないし、ちゃんとおとなしく……」

ちゃんとわきまえて、華恋との仲を邪魔するような真似はしない。彼女とだってそう約束したのだ。

そんな思いの先走った言葉は、焔来には不審だったようだ。

「邪魔？」

「あ……いや、勉強の邪魔とか……」

しどろもどろに答える。

「……あと、華恋さんのこととか……」

「華恋？」

「……パートナー、申し込むんだろ？」

「……っ、おまえは……！」

焔来の頬がかっと紅潮する。怒りが彼の身体を包むのが見える気がして、八緒はびくりと竦んだ。

（……どうして？）

ああ、そうか。よけいな口出しはするなという意味か。

（……だよな）

舞踏会のパートナーを申し込むなんて、焔来にとっても初めてのことなのだ。緊張もするし、なかなか簡単には口に出せないのだろう。それを他《た》にんからつつかれたくないのは、当たり前だ。

「ご、ごめん……っ、もう言わない」

慌てて八緒は口を噤んだ。

それに、華恋には協力を求められたが、八緒には本来脅される筋合いなどないのだ。

(華恋さんも、ゆっくり待ってあげたらいいのに……)

と、思う。

焔来は再び深いため息をついた。

「……とにかく、これも命令だ。わかったな」

「……でも」

「俺の言うことが聞けないのか」

銀色の瞳で見下ろされ、八緒は本能的に震え上がった。反射的に左右に首を振る。

「よし。今日はもういいから、自分の部屋へ行って休め」

「え、でも……っ」

まだこれから焔来の世話がある。着替えさせ、夕食の給仕をして、背中も流さなければならないはずなのに。

訴えようと見上げれば、焔来に睨《にら》まれた。

これも命令だ、と視線で告げているのがわかって、八緒は項垂れた。

深夜、焔来が横になる頃を見計らって、八緒は彼の寝室を訪ねた。

じろり、と視線が向く。猫の割には夜目が利かないほうだが、それでも月灯りのおかげで見て取れた。

「焔来……起きてる？」

八緒は布団の傍に近寄った。

「あの……今日はごめんなさい。言いつけを守らなくて」

これ以上、諍《いさか》いを長引かせたくなかった。

もう、あまり猶予はないかもしれないのだ。焔来は華恋と結婚するかもしれない。もしかしたらそれは翰林院の卒業より早いのかもしれない。

だとしたら、残り少ない時間を少しでも多く一緒にいたかった。気まずく過ごしたくなかったし、離れていたくなかった。

「……」

「明日はちゃんと言われたとおりにするから。……だから、入れて？」

焔来はため息をつきながらも、黙って布団を開けてくれた。

「へへ」

同じ褥にくるまれると、心まで温かくなる。昼間どんなに探しても根付が見つからなかった落胆も、癒されていく気がした。大切なものだったけれど、あれは過去に過ぎない。今、焔来の傍にいられればいい。

腕枕に抱き竦められ、しっぽまで背中に回ってくる。そのふさふさの尾の一本に、八緒は自分の細いしっぽを巻きつけた。

そしてもう一本を前に回して、ぎゅっと抱き締める。焔来の立派なしっぽは、そのくらいの長さは余裕であった。その先端に口づける。

「このもふもふにさわるの、凄いひさしぶりな気がする」

「……今日一日さわってなかっただけだろう」

焔来は憮然と言った。

「でも焔来に仕えるようになってから、さわらせてもらえなかった日なんて一日だってなかったんだからな。懐かしい」

「大げさな」

そう言われても嬉しくて、何度もキスを繰り返した。

「こら、いい加減にしろ」

「ん、もうちょっと」

「煽るなと言っているんだ」

「えー。こんなので煽られちゃうんだ？」

焔来は無言のまま、けれども否定もしなかった。

「……焔来、ちょっと勃《た》ってない？」

「！　おとなしく寝ないなら追い出すぞ……！」

「ごめん、もう言わないからっ」

「……ったく」

焔来がわずかに照れているのがわかる。頬にふれれば、少しだけ熱を持っていた。

「してもいいのに。……もう大丈夫だからさ」

「だめだ」

「ちぇ」

八緒は小さく舌打ちした。

「ちゃんと診てもらって、元気だって証明するから。そしたらまた一緒に学校行ける？」

「ああ」

「えっちもできる？」

「心配しなくても、いやというほど鳴かせてやる」

「焔来、すけべおやじみたい」

「なっ……」

揶揄えば、声を荒らげる。そんな焔来が可愛くて、八緒は笑う。

——孕んだんじゃないの？

何故だかふいにミミに蘇った華恋の戯言《ざれごと》を、ばかばかしい、と振り払った。

「おやすみ」

焔来の唇にキスをする。胸に抱いたしっぽに顔を埋め、彼の匂《にお》いを思い切り胸に吸い込んで、八緒は目を閉じた。

4

翌朝は、おとなしく家にいて診察を受けるかわりにと、焔来の身支度はすべて八緒がさせてもらった。

鼻歌が漏れそうになるのを堪えて、髪や毛並みを乾かしたり、シャツの釦を留めたりする。とりわけしっぽをさわれるのが嬉しかった。

抑えているつもりでも態度には出ているのか、焔来は怪訝そうに聞いてきた。

「そんなに嬉しいのか」

「ええ?」

「たかがしっぽにブラシをかけるだけのことが」

「嬉しいよ。綺麗だし、どんどん艶が出てくるし」

このしっぽたちは焔来のものではあるが、毎朝手を入れてきた八緒の自慢でもあった。そして焔来の一部を預けられているのだと思うと、たまらなく愛おしかった。信頼されている証《あかし》のようにも思えた。

（まあ、昨日は小砂に任せちゃったけど）

「そんなものか」

「うん。それに、焔来もけっこう気持ちよさそうな顔してるよ」

それをそっと見るのも、八緒の愉《たの》しみの一つだった。焔来のあまり変わらない表情の、わずかな変化を見分けられるのは、きっと自分だけなのではないかと思う。

「ばか、黙れ」

仏頂面のままで照れる焔来に、八緒はくすすと笑った。

支度が整う頃に、緑郎が迎えに来てくれた。今日も彼が校内でつき添ってくれるという。

だが実際には彼も忙しいようだし、焔来は多くの時間を華恋と一緒に過ごすのかもしれない。

「……なんて顔をしてる」

見送りに出た八緒の頭を撫でて、焔来は言った。

「え?」

「終わったらすぐに帰ってくるから」

「めずらしい。焔来が気を遣ってくれてる」

嬉しさをごまかすように混ぜ返せば、額を指で弾《はじ》かれた。

「ばか」

ははは、と笑顔をつくってみせ、手を振って送り出す。

「行ってらっしゃい」

半日もすれば帰ってくる。当たり前だ。ここが焔来の家なのだから。それはわかってる。なのに、何故かひどく離れがたかった。

（……どうして？）

あとから思えば、それは予感だったのかもしれなかった。


焔来が登校したあと、言いつけどおりに横になっていた八緒の部屋を、侍医長が訪れた。しかもよく知っている神仔宮付きの侍医長ではない。稲荷御所の侍医長が、侍医を従えてやってきたのだった。

（……何故こんな大げさな……）

と、思わずにはいられなかった。

それほどの病ではないはずだと八緒は言ったが、彼らは聞き入れず、患者を安心させるやわらかさなど欠片もないような厳《いか》めしい表情のまま、さまざまに八緒の身体を診察した。ずいぶん恥ずかしい思いもさせられるはめになった。

「あの……何か重病なんでしょうか……？」

不安になって聞いてみれば、

「のちほど女院様からお話があるかと思います」

という答えが返ってきた。

「女院様……？」

焔来の継母《けいぼ》のことだ。

「……どうして、女院様から……？」

「私どもからはこれ以上申せません。……では」

取りつく島もなく侍医長は帰っていく。

（女院様がいらっしゃるのだろうか。それとも、稲荷御所に呼ばれる……？）

亡くなった焔来の父親のふたり目の正室だった女院の住まいは稲荷御所であり、神仔宮ではない。同じ九尾狐家の敷地内とはいえ、特別なとき以外、あまり行き来はないのに。

（……よほど悪い病気なんだろうか。……伝染病とか？）

不安に慄《おのの》くうち、やがて侍医長の予告どおり、女院の来訪があった。

「女院様……！」

それほどすぐに来るとは思っておらず、八緒は身支度も整えないまま、彼女を迎えることになってしまった。

滅多に客が来るような部屋ではない、どころか八緒自身ほとんど焔来の傍にいて使っていないため、どこに何があるのかさえよくわからず、座布団一つすぐに用意することができない。

「そのままでかまいません」

そう言って、彼女は布団の脇、畳の上に座った。供も連れず、ひとりだった。

「……申し訳ありません」

主の義母である高貴な女性に、座布団さえ出しそこなった。しかも自分は寝間着で布団に座っている。八緒は恥ずかしさに、深く頭を下げる。

(焔来……)

いたたまれなさに思わず心の中で焔来にたすけを求めるが、ふと、もしかして彼女は、敢えて焔来の留守を狙《ねら》って、八緒を訪ねてきたのかもしれないという可能性に思い至る。悪い予感が胸に渦巻いた。

女院は、探るような、値踏みするような厳しい視線で八緒を見つめている。もともとやさしい女性ではないが、こんな目を向けられるのは初めてのことだった。

「……体調を崩しているそうですね」

と、彼女は言った。

「あ……いえ、たいしたことはないんです。ただ焔来、様が心配してくださって。……あの、わざわざ稲荷御所の侍医長様を差し遣わしていただき、ありがとうございました」

「……八緒」

八緒の感謝の言葉を、彼女は遮った。

「おまえ、今日から里に帰りなさい」

「え……っ？」

思いもよらない提案に、八緒はミミを疑った。

「焔来に仕えるようになってから、もう十年以上まともに帰ってはいないでしょう。焔来の我儘にすっかりつきあわせてしまって、おまえには気の毒だとは常々思っていたのですよ」

「いえ、そんな……。焔来様のお傍でお仕えするのが、私の一番のしあわせですから」

それは八緒の本心だ。

鞍掛の家は八緒に親切にしてくれるし、特に緑郎は気にかけてくれていて、決して居心地が悪いわけではない。

けれどもそれ以上に、焔来と一緒にいるのが好きだった。神仔宮での八緒の仕事は焔来の世話だ。ここにいる限り、ずっと焔来の傍にいられる。

八緒にとって、これ以上の至福はなかった。

だが、彼女の視線はますます鋭くなるばかりだ。

「焔来の世話は、他の者にさせますから、何も心配はいりません。おまえは実家で養生しなさい」

「養生だなんて、そんな重い病気じゃ」

「これは命令しているのですよ、八緒」

「命、令……?」

八緒は思わず問い返した。ただごとでは済まない予感をひしひしと感じた。

「八緒」

「……はい」

「御添い臥しとは、若宮の新枕を務める御役目です」

「――……っ……」

八緒は息を呑んだ。

(ばれてる……)

あの一夜限りで終わっていなければならないはずの関係が、ずっと続いてしまっていることが。――いや、ずっと前から神仔宮では公然の秘密だったのだ。彼女も気がついていたのだと思う。

何故それを今、咎めるのだろう。

「おまえと焔来が新枕のあとも続いてしまっていることは、私たちも薄々知ってはいました。焔来の手綱を取れるのがおまえだけだったこともあって、特に大きな問題があるわけでもないのだからと、しきたりを破っているのを承知で黙認してきてしまった……。けれどおまえが若君の寵愛を受けながら、若君を裏切っているとなれば話は別です」

「え……⁉」

(焔来を裏切る……⁉)

何を言われたのか理解できなかった。

「いったい何故そのような真似をしたのです。気難しい焔来の相手に疲れましたか」

「そんな……そんなことありません……！　たしかに焔来は気難しいところはあるけど、疲れたなんてことありません。俺は焔来が好きです。決して裏切ったりなんか……！」

「離しなさい、汚らわしい……！」

必死になるあまり、つい彼女の着物の端にふれてしまった手を思い切り振り払われ、八緒は愕然とした。

「若君を裏切っていないなら、その腹の仔は誰の仔です……！」

「え……？」

本当にこれこそ、まったく予想もしていなかった詰問だった。華恋に身籠っているのではないかと疑いをかけられたことはあったけれども、あまりに荒唐無稽《こうとうむけい》で、今の今まですっかり忘れていたのだ。

「な……何をおっしゃっているのかわかりません……」

「侍医長の診立《みた》てです。おまえが身籠っているのは間違いありません。四月目《よつきめ》に入ったあたりだと報告を受けました。桜が咲く頃には、仔猫が生まれることになるでしょう」

八緒は呆然としたまま、しばらく言葉もなかった。

「……嘘、でしょう……」

とても信じられなかった。

だが改めて考えてみれば、吐き気、眩暈、鈍い腹痛といったこの頃の体調の悪さは、妊娠の初期症状と重なってはいたのだ。

できるはずなどないと思っていたから、華恋に指摘されてさえ結びつけてとらえていなかった。彼女の説は、正しかったということなのだろうか。

(春には仔猫が生まれる)

(仔猫……仔狐じゃなくて?)

自分の仔なら、当然そうなるのだろう。でも。

「おまえ、自分でまったく気づいていなかったのですか?」

「……だって……だってそんなこと」

ありえない。

八緒は目を見開いたまま、首を振った。

「だが、身に覚えはあるでしょう。神仔宮の者ですか。だから里帰りを渋るのですか」

「いいえ、まさか」

「では緑郎ですか」

「違いますっ……！　俺は本当に、一度だって焔来以外の誰とも……っ」

「一度も？」

はっと八緒は口を噤んだ。八緒が焔来の新枕を務めることができたのは、緑郎と交際しているという前提あってのことだった。緑郎と一度も寝ていないと白状することはできない。けれども女院は八緒の動揺を、不貞の心当たりを思い出したためと受け取ったようだった。

「それなら孕むはずはないでしょう」

女院のその言葉に、八緒は反論することができなかった。

たしかに、猫族である八緒が、狐族である焔来の仔を孕めるはずがないからだ。孕んでいるのなら、他の誰かと関係を持ったことになる。

「でも……俺は本当に」

「相手の名を言いたくないのならよい。もう聞きません。もともとおまえは表向きはただの侍従であって、焔来の妾妃《しょうひ》という身分ではない。だが公に不貞として処分するわけにはいかないにしても、このまま焔来の傍に置くわけにもいきません」

「女院様……っ‼」

悲鳴のような声が溢れた。

「……お願いです」

今、こんなふうに帰されたら、二度と戻れなくなる。一縷《いちる》の望みをかけて、八緒は言った。

「今までどおり、焔来様のお世話をさせてください。……それ以上の関係には決してならないようにしますから」

彼女はため息をついた。

「そんなことを、焔来が聞くと思いますか」

「聞いてもらいます……っ、決して、……決して焔来様の将来の邪魔になるようなことはいたしません。ですから……っ」

「わからないことを言うでない！」

ぴしゃりと言われ、八緒は口を噤んだ。

「それで腹の仔はどうするつもりです。他の男の仔を孕んだままで、焔来に仕えるつもりか。それとも今すぐ始末するというのですか」

八緒は答えられなかった。

焔来の仔ではありえない。それは理屈ではわかっているけれど、八緒にはどうしてもそうは思えなかったからだ。

身籠っている実感はまだほとんどなかったが、もしそうなら焔来の仔としか思えず、絶対に始末などしたくなかった。

「ちょうどいい潮時だったのです。もう、仔供ではないのだから」

と、彼女は言った。

「焔来は、私たちが思っていたよりもおまえに夢中になっているようだ。このままではいずれ手遅れになっていたかもしれない」

「そんな……」

「おまえがいると、焔来の目が他を向かない」

「そんな、ことは」

「けれどおまえが裏切ったと知れば、焔来の目も覚めるでしょう。縁談も纏まるはず」

「縁、談……」

その言葉を女院の口から聞いて、気が遠くなる思いがした。八緒を遠ざけようとするのは、焔来の縁談を進めるためでもあるのだ。

だが、そうと気づいても、八緒にはなんの権利もない。どうすることもできない。

「……華恋様とですか」

ただ、口を突いて出た。

「そう――華恋は一番の候補と言ってもよいでしょう。あの仔は焔来を好いているし、同じ狐族で、私の従姉の娘。父方では焔来の従妹でもある。身分も申し分ないし、私はあの仔に決まって欲しいと思っています」

「……」

「焔来が身を固めて落ち着き、おまえも身二つになれば、また神仔宮に仕えることができる目もあるかもしれない。今はおとなしく出ていきなさい」

もしそういう状況になったとしても、焔来を裏切ったことにされてしまう自分が、本当に彼の許《もと》に帰してもらえるとは到底思えなかった。八緒を宥め、おとなしく去らせるためだけの方便に違いなかった。それでも、希望を持てる言いかたをしてくれるのは、女院の温情なのだろうか。

（でも、俺は焔来を裏切ってなんかないのに……！）

「お願いします。女院様」

八緒は深く頭を下げた。

「一言、焔来と話をさせてください。お願いします……！」

このまま焔来に誤解されるのだけはいやだった。信じてくれるかどうか――否、これほどはっきりとした証拠があるのに、信じてもらえない可能性のほうが遙かに高いのかもしれない。

それでも、自分の口から本当のことを伝えておきたかった。

「余計なことを言って、焔来を惑わせるつもりですか」

けれどもその意図は、女院にはすっかり見抜かれてしまったようだ。彼女は八緒の願いをぴしゃりと撥ねつけた。

「これからすぐに発《た》ちなさい。あの仔が帰らないうちに、一刻も早く」

「でも……っ」

「焔来のことを思うなら、これ以上おまえの汚れた身をあの仔の前に晒すでない！」

女院に呼ばれ、稲荷御所から彼女に従ってきた近侍が姿を現す。

「支度を手伝ってやりなさい」

八緒には、もう逆らうことなどできなかった。

*

その夕刻、焔来が家に帰っても、八緒は玄関に出迎えには来なかった。

昨日は気まずい状況だったにもかかわらず、転がるように出てきていたのに。いつもの笑顔は、少しだけ不安そうに翳《かげ》っていたけれども。

もしかして、起き上がれないほど具合が悪いのだろうか。

心配になって、急いで八緒の部屋へ向かおうとした焔来に、かわりに迎えに出ていた小砂が言った。

「女院様と、侍医長様がお見えです」

「……義母上《ははうえ》が?」

「はい。帰ったらすぐにお呼びするようにとのことです」

同じ九尾狐家の敷地に住んでいるとはいえ、滅多に神仔宮に来る女性ではない。しかも侍医長と一緒というのは、ただごとではない。

(もしかして、八緒の具合がそれほど悪いのか?)

そう思い至ると、矢も楯《たて》もたまらなかった。焦りが募るまま、焔来はなかば飛ぶようにして、彼らの待つ部屋へ向かった。

「義母上、侍医長……!」

礼儀も何も放り出して襖を開ければ、自分が命じておいた神仔宮の侍医長ではなく、稲荷御所に所属する侍医長が来ていたことに、焔来は驚いた。

「……まさか、八緒はそんなに重い病気なのですか……?」

死ぬような病気だったら、という不安が頭を過《よ》ぎった。

八緒が死ぬ、ということを現実的に想像して、全身が凍りつくような思いがした。寿命が大きく違うことは知っているとはいえ、こんなに早く八緒を失うかもしれないなんて、考えたこともなかったのだ。

「そうではありません」

侍医長がそう言ったとき、どれほどほっとしたかしれない。深く息をつき、そのままその場に崩れ落ちそうな気がしたほどだった。

「ですが、ある意味それ以上に、ことは重大かと」

「え……？」

八緒が死ぬという以上に重いことなどあるのだろうか。まったく想像もつかないまま立ち尽くす焔来に、女院は座るように促した。

彼女は言った。

「八緒は懐妊しています」

その言葉を聞いて、焔来はミミを疑った。

「な……懐妊……!?」

「はい」

「そんな、まさか……！」

とても信じられなかった。

「あり得ません」

「でも、あり得たのですよ」

女院は侍医長に視線を送る。侍医長は言った。

「診立てに間違いはございません」

「……っ」

焔来は立ち上がり、なかば反射的に踵《きびす》を返した。ともかく八緒に会わなければと思った。

「待ちなさい……！」

けれどもその途端、女院に止められた。

「まさかあなたは、自分の仔だと思っているわけではないでしょうね？」

「——……」

答えられなかった。

八緒が狐の仔を孕めるはずはないのだ。そんなことはわかっている。わかってはいるが、咄嗟に自分の仔である可能性を、考えてしまった。

八緒が仔を産んでくれたらいいのにとずっと思っていたからだ。八緒が産めるなら、どんなに身分が違っても、どんな手を使っても、絶対に正妃にしてみせるのに。

今だって、その思いは完全には捨て切れていない。

八緒が裏切るとはどうしても信じられず、もしかしたら自分の仔なのではないかと——それを本《ほん》にんにたしかめなければならないと思ったのだ。

「それはあり得ないことですよ」

と、女院は言った。

（……八緒は本当に身籠っているのだろうか）

女院か祖父の謀《はかりごと》ではないのかと、焔来は思わずにはいられなかった。

何者かの告げ口により八緒との仲が知れ、下校途中に稲荷御所に呼び出されたのは、つい昨日のことだった。

別れろと言われ、その気はないと答えた。

——あなたはこの九尾狐家の唯一の世継ぎなのですよ。必ず仔孫を儲《もう》け、血統を繋いでいく義務があるのです。そのことをどう考えているのですか
と、女院は問い質《ただ》してきた。

彼女は仔孫繁栄を期待されて焔来の父の後添《のちぞ》えに入ったが、仔を産むことができなかった。そのことは彼女の中で大きな傷になっているらしい。そのぶん、焔来とは義理の仲であるにもかかわらず、焔来の仔に対してかける期待は執着と呼んでもいいほどだった。

——焔来
いつもなら女院にだけ喋らせ、黙っていることの多い祖父が口を開いた。

——九尾狐王家の直系は、おまえひとりなのだ。その責任をよく考えろ
（責任）

それは焔来にとってひどく重い言葉だった。言われるまでもなく、重々理解していた。

一族の長《おさ》になる者として、何よりも大切だと教えられ続けてきた言葉だったからだ。有史以来続く九尾狐王家の直系としての責任は、ほんの仔狐だった頃からどれほど重く受け止め

てきたかしれない。

けれども焔来は、八緒のこともどうしてもあきらめられなかった。手放したくなかったし、側室として日陰に置くようないい加減なこともしたくなかった。

——時が来れば、しかるべき狐の娘を娶るつもりでおります。ですが、私はまだ若いし、寿命はあと九百年近くある。急ぐ必要はないかと
八緒を娶ることができないなら、他の誰も娶りたくなかった。

だが、それがゆるされないことはわかっている。だったらせめて、八緒が生きているうちは、正妃は迎えない。

認めたくもなければ想像さえしたくないが、八緒の寿命は焔来より遙かに短い。天地がひっくり返っても、九尾の焔来の何分の一ほどしか生きることはできないのだ。

(儚《はかな》い……)

八緒の華奢《きやしや》な姿が瞼に浮かび、すぐにも会いたくなって、早々に稲荷御所を辞した。

けれどもそんな答えで祖父や義母が納得したとは思えない。狐族の繁殖力が最も高いのは最初の百年だし、九百年の寿命があるとはいっても、事故や病気にまで万能なわけではない。九尾でありながら若死にした焔来の父のような例もあるのだ。そういう中で、直系が焔来ひとりしか存在しない状況は、とても心もとない。

(だから、俺と八緒を別れさせるために、嘘をついているのではないか?)

そのほうが、八緒が他の男の仔を孕んだなどという話より、焔来にとってはまだあり得ることのような気がした。

もしかしたらただそう信じたかっただけだったのかもしれないけれど。

「……八緒に会ってきます」

焔来は再び部屋を出ようとする。だが、女院は言った。

「八緒ならいませんよ」

「え……？」

「暇を出しました。主を裏切って他の男の仔を孕むような侍従を、あなたの傍に仕えさせておくわけにはいきませんから」

「勝手なことを……!!」

焔来は思わず声を荒らげた。ふれてもいない茶器が、勝手に音を立てて割れた。欠片が女院のすぐ傍まで飛んだが、彼女は微動だにしなかった。

「八緒をどこへやったのです!?」

「存じません」

「知らない……!?」

「神仔宮から出ていくように言っただけです」

「……っ……」

焔来は女院を殴りつけたい衝動をかろうじて抑えつけた。

今はそんなことより、八緒を探さなければ。

彼女の制止も聞かずに、焔来は今度こそ部屋を飛び出した。


神仔宮を追い出された八緒の行き先として、一番可能性が高いのは、実家である鞍掛家だ。

夜更けであるにもかかわらず、焔来は鞍掛を訪ねた。

玄関先で使用《しよう》にんとやりとりしているうちに姿を現した緑郎が、応対を引き継いだ。

八緒が本当に他の男の仔を身籠っているのなら、父親はこの男である可能性が高い。——

否、それ以外は考えられない。

彼を見る視線は、自然と鋭いものになる。それどころか、対峙《たいじ》しているだけでも呼吸が荒くなるほどだった。

「……八緒が来ているだろう。会わせてもらいたい」

「八緒？　あいつならもう半年は帰っていないけど？」

彼は、八緒は鞍掛にはいないと答えた。

「ここでなければ、どこにいると言うんだ⁉」

「そのまえに、何故神仔宮にいないんだ？」

問い返され、答えに詰まった。他の男の仔を――この男の仔を身籠ったかもしれないなど
と、口にするのも厭わしかった。

それに、もし本当に八緒が鞍掛に戻っておらず、緑郎が何も知らないとすれば、八緒が懐妊したかもしれないことを話すのはまずいのではないか。

焔来はまだ、この件の真偽が確定したとは思っていない。もしこれが稲荷御所の謀で、身籠ってなどいなかったとしたら、八緒の評判を著しく傷つけることになるのではないか。実家とはいえ養家に過ぎない鞍掛にも誤解を受け、責められることになるのではないか……。

「痴話喧嘩か？　ついに愛想を尽かされたのか」

「そんなわけがないだろう……！」

「もともと我儘なところへ持ってきて、この頃は華恋と浮気ときたら、まあ自業自得だよなあ」

「浮気などしていない！」

「毎日のように華恋と踊ってるのは？」

「華恋の踊りがあまりに無様だからつきあってやっているだけだ。従妹だからな。義母上からも頼まれているし」

それに同じくらい華奢なせいか、華恋にはどこかしら八緒に似たところがあって、頼みご

とをされると焔来は邪険にできなくなるのだ。

おそらく、あまり頼ってくれない八緒本人の姿を華恋に重ねてしまうからなのだろうか。

「へーえ」

緑郎は、ばかにしたようにくすりと笑った。

「じゃあ、月下舞踏会では華恋とは踊らない？」

「……踊らない、わけではないが……」

どうせ舞踏会ともなれば、パートナーとだけ踊るわけではない。多数の女性たちと踊ることにはなるのだから、その中には華恋も含まれるだろう。

「こんな話をしに来たわけではない」

焔来は打ち切った。

「八緒を出せ」

「いないと言っただろ。なんで喧嘩したか知らないけど、疑うんなら、家探しでもなんでもすれば？」

どうぞ、と緑郎は身を避ける。

（本当にいないのか？）

そして彼は何が起こったのかを本当に知らないのだろうか。その表情はいつもながら飄《ひょう》々《ひょう》として、読めない。

「――では、探させてもらう」

それから焔来は、家族や使用《しよう》にんたちの白い視線もものともせず、鞍掛家の中を探しまわった。八緒を呼びながら扉という扉を開け、屋敷の中も庭も、あらゆる場所を覗いた。

けれども朝までかけても八緒を見つけることはできなかった。

（鞍掛でないとすれば、どこに）

小砂や運転手をはじめ、八緒の居所を知っていそうな者には片端から聞いてまわったが、手掛かりを得ることはできなかった。稲荷御所から口止めされているのかもしれない。

翰林院での八緒の友《ゆう》じんにもあたってはみたが、四六時中焔来につき従っている八緒に、いくらひとあたりがいいとは言っても、そうそう匿《かくま》ってもらえるほど親しい相手がいるはずもなかった。

（……どこにいるんだ？）

こういう場合は霊力も役に立たない。

もともと体調を崩していたのに、もしもさらに弱っていたら――まさか死んだりはしていないかと、焔来は気が気ではなかった。

*

「焔来、焔来……っ」

蔵の高窓から背伸びして覗けば、遠くに小さく焔来の姿が見える。けれどもどんなに呼んでも、声は届かないようだった。義父が何か術をかけているのかもしれない。

会って話したい。信じてもらえなくても、裏切ってなどいないのだと言いたい。

けれども、やがて彼は少しずつ木立の向こうに遠ざかり、消えてしまった。

「焔来……」

八緒は崩れるように床に座り込む。

それから少ししたのち、蔵の扉が開いた。

「帰ったぜ、あいつ」

姿を現したのは、緑郎だった。

「散々探していったけど、さすがにここには気づかなかったみたいだ」

「……」

「悪いな。絶対会わせるなって親父《おやじ》に言われてるもんだからさ。稲荷御所から親父んとこに直接話が行ってるみたいだ」

八緒は小さく首を振った。

あれから八緒は、焔来が帰ってくる前にと急《せ》き立てられ、ほとんど身の回りのものを纏める暇もなく、自動車に乗せられたのだった。

執着のある私物などほとんどないから不満は感じないけれども、屋敷がどんどん小さくなっていくのを車から眺めていると、ぼろぼろ涙が零れた。焔来と初めて会ったときのことや、毎日世話をしたこと、一緒に勉強したり遊んだり、抱かれて眠ったことが次々と瞼を過ぎった。

もう二度と、戻ってくることなどできないかもしれない。

そう思うとできる限り目に焼きつけておきたくて、後部座席で振り向き、必死で目を凝らしていたけれども、神仔宮はすぐに見えなくなってしまった。

そして結局、八緒には行くところなど、実家しかなかったのだ。

だが、着くや否や義父に叱り飛ばされ、話も聞いてもらえずに、裏庭の蔵に放り込まれたまま今に至っていた。

「あいつと話したかった？」

緑郎に問いかけられ、八緒はこくと小さく頷いた。

「何を話すんだよ？　懐妊したって本当なのか？」

「……たぶん」

「たぶん？」

「……そんなこと考えてもいなかったから、まだ実感ない……。でも、体調はずっとおかしかったし、侍医長様の診立てが間違ってるとは……」

緑郎は、深く吐息をついた。

「おまえなんてことをしたんだよ？　あれほど焔来の寵愛を受けておきながら……！」

緑郎は完全に、八緒が他の男と関係を持ったのだと思ったようだった。無理もなかった。八緒が焔来の仔を身籠れるはずがないからだ。

八緒は必死に首を振った。

「違う、俺は焔来を裏切ったりなんか……っ」

焔来以外の男には、今まで一度だって抱かれたことなどないのに。

「じゃあなんでできたんだよ？　誰の仔だ？」

「ほ……焔来の……」

「わけないだろ⁉」

けれども本当に身に覚えがないのだ。他の男の仔であるはずがない。焔来の仔でもありえないのかもしれないが、八緒はそうだと信じたかった。

力なく首を振れば、またぼろぼろと涙が零れた。

「どういうことなんだ……?」

緑郎は首を捻《ひね》る。

「——そうだ、もしかして一服盛られたとかは? 眠っているあいだに種付けされて、覚えてないとか?」

「え……」

初めてその可能性に思い至る。

合理的な回答はそれしかないような気もしたが、不自然な状況で意識を失ったりした覚えはない。

「ちょうど寝る前に盛られてたりしたら、わからないかもしれないだろ」

「でも……夜はずっと焔来と一緒だし……」

「たまには別々に寝ることだってあるだろうが」

記憶をたどっても、覚えがなかった。翰林院を休んで昼間寝ていたことならあるが、あのときにはすでに体調を崩していた。

「おまえら……」

首を振ると、緑郎は呆れたように再び深く息をついた。

「忘れたいと思うあまり忘れてるんじゃないのか?」

「まさか」

「じゃあやっぱり浮気……」

「してないってば!!」

つい声を荒らげてしまう。

「……なあ、種族が違っても仔ができることって、本当にないのかな。何か奇跡みたいなことが起こってとか……今まで一例も？」

「……聞いたことはないな」

「古い文献とか調べれば、もしかして……」

「……」

緑郎の表情は暗い。八緒は項垂れた。

その頭上に、彼の声が降ってくる。

「これから、どうするつもりだ？」

「え……？」

「……始末するなら、早いほうがいい」

「始末……って」

その言葉に、息が止まるかと思った。

「そんな、冗談……っ」

「誰の種ともわからない仔だろう。あの焔来が、他の男の仔を生んだおまえをゆるすと思うのか？　今だってどうだか怪しいが、産めばもう二度と焔来に仕える目はなくなるぞ」

「……っでも、この仔は……っ」

「焔来が信じると思うか？　俺だって正直信じられないぜ」

「――……」

（焔来に信じてもらえない）

それが当然なのかもしれなかった。自分だって何故孕んだのかわからないのに、焔来に信じてもらえると思えるほど、能天気にはなれなかった。

（でも、この仔は絶対焔来の仔なのに……！）

他には考えられないのに。

誤解されたまま、嫌われて、もう二度と会えなくなってしまうのだろうか。

（嫌だ）

でも、絶対に始末などしたくなかった。

（だって、焔来以外考えられないのに）

「……泣くなよ」

「うっ……」

緑郎が八緒の頭を胸に抱き寄せてくれる。その温《ぬく》もりがよけいに涙腺《るいせん》を緩め、八緒は何度もしゃくり上げる。

「……なにも今日すぐに決めなきゃならないってわけじゃねーんだからさ。……もう少しゆっくり考えたらいい」

「ん、うん……」

「産むんならうちで産めばいい。たとえ誰の仔だろうと、おまえの仔なら鞍掛の仔だし、俺の甥《おい》か姪《めい》だってのは間違いないんだから」

緑郎はやさしい。

うん、ともう声に出すこともできずに、八緒はただ彼の胸に顔を埋めて頷いた。

5

その日から、八緒は鞍掛家で養生させてもらうことになった。

蔵に軟禁状態なのは変わらなかったが、昼間の時間は勉強を口実に、小姓の見張りつきで、鞍掛家の書庫に入ることはゆるされた。

(……種族の違う者同士のあいだにも仔が生まれたっていう、何か文献が見つかるかもしれない)

と、儚い希望をかけて探す。念のために、と鞍掛の主治医にも診てもらい、懐妊は間違いないことがわかっていた。

(大きな狐のミミが生えてるといいなあ)

まだほとんどわからないほどの膨らみしかない薄い腹をさすりながら、八緒は思う。

(しっぽがもふもふだといいな)

焔来の美しいしっぽを思い描いて、小さく微笑む。

ああいうしっぽを持った焔来の仔が、今自分の中にいるのかもしれない。そのことに、八緒はやはり至福を感じずにはいられなかった。

いつまでも焔来の腕に抱かれていられるわけではないことは、最初からわかっていた。けれども離れなければならなくなるそのとき、何か遺《のこ》してもらえるとは思っていなかったのだ。なのに、仔狐をあたえてくれた。

(まあ……現実はそう上手くいかないだろうけど)

猫の仔が生まれてくるかもしれない。というか、そのほうが当たり前なのだ。誰の仔ともわからない、誰にも似ていない猫の仔かもしれない。

(それでも、俺の中ではこの仔は焔来の仔だから……)

幸い緑郎はここで育ててもいいと言ってくれてはいるが、それは当主である義父の意見とはまた別だろう。義父に出ていけと言われるかもしれないし、そうでなくてもこのままだといつか鞍掛家に迷惑をかけてしまうかもしれない。

(……身二つになって落ち着いたら、出ていったほうがいいのかも……)

そうしたら、ひとりで仔を育てることになる。

しばらくは給金を貯めたもので、生活にかかる費用はまかなえる。とはいえ、ひとりで仔を守り育てる生活は、どれほど大変なことだろう。

(焔来……)

縋るように、彼のことを思う。

今頃どうしているんだろう。心配させてしまっているだろうか。一度は鞍掛まで来てくれたけれど、今でも探してくれているのだろうか。

(裏切られたと思って怒ってる?)

それとも、もう忘れられてしまったのかもしれない。

(……寂しい)

ずっと一緒にいたから、ひとりが寂しい。

何日も彼の顔を見ることさえできずに過ごすことが、寂しくてならない。

——おまえがいると、焔来の目が他を向かない

女院の言葉が、何度もミミに蘇った。

——けれどおまえが裏切ったと知れば、焔来の目も覚めるでしょう。縁談も纏まるはず

(……焔来……)

彼と話をする機会は、未だないままだった。そしてまた八緒自身、次第に話をするのが怖くなりつつあった。

孕んでいることが身体にもはっきり表われてきて、でも文献は見つからなくて……どうして身籠ったのか、焔来に説明することができない。自分でもだんだん自信がなくなってくるほどなのだ。——もし緑郎の言うとおり、眠っているあいだに他の誰かに種付けされたのだとしたら。

そんな状況で、焔来が信じてくれるかどうか、自信が持てない。もし彼が信じてくれなかったら？

そう思うと、怖くてたまらなかった。

緑郎から聞く翰林院での焔来は、表面上あまり変わりはないらしい。

――まあ遠目に見るだけで喋ってないから、俺にもよくわかんねーけど
――喋ってない？

――喋ったら追及されるだろ？　俺絶対疑われてるに違いねーもん
八緒の仔の父として、緑郎ほどあり得る者はいないからだ。潔白を証明する手段がない以上、できる限り近づかないようにしているのだと緑郎は言った。

――おまえの居場所について突っ込まれても困るしな。一応、うちにはいないってことになってるし
緑郎によれば、彼は毎日ふつうに登校して、月下舞踏会の準備で忙しく動いているらしい。

（本当なら、俺も補佐する予定だったのに）

できなくなってしまったことが申し訳なく、それと同時に、自分がいなくても焔来が特に困っていないことに打ちのめされる。

そして、

――多少、毛並みがもっさりしてきた気はするけどな

そう聞けば、少しだけ嬉しくなる。小砂が頑張ってくれてはいるのだろうが、八緒ほどには上手くできていないらしい。

主の身嗜みが乱れていることを喜んでしまう自分は、なんて醜いのだろうと八緒は思った。

焔来に会いたくてたまらなくて、せめて顔を見られないものかと思いつめる。

そんな八緒に小さな機会が訪れたのは、偶然にも十五夜——月下舞踏会の開かれる日のことだった。

いつものように八緒を書庫へ連れてきてくれた小姓が席を外した夕暮れどき、外鍵をかけ忘れていたのだ。毎日のことで、彼も気が緩んでいたのだろう。

それに気づいたとき、八緒は書庫を——鞍掛の家を、飛び出さずにはいられなかった。

家の外で密かにじん力車《りきしや》を拾い、翰林院へ向かった。普段着の着物では悪目立ちするだろうけれど、着替える余裕はなかった。

(こっそり、陰から覗くだけだから……)

ほんの一月足らず来なかっただけなのに、校内を見まわせば、ひどく懐かしかった。

(この前まで、焔来の隣で一緒に通っていたのにな……)

自分の環境のあまりの激変ぶりに、なんだか夢を見ているかのようだった。

下りはじめた夜の帳《とばり》にまぎれて、建物の裏手へ回る。

薄野原に設《しつら》えられたテーブル席には、さまざまなミミを持つ着飾った生徒や来賓《らいひん》たちがすでに集《つど》っており、大きく張り出したテラスの奥では楽団が最後の調整に入っている。

準備は成功裏に整っているらしい。そのことに少しの寂しさを感じないではなかったが、やはり上手くいっていてよかったと思う。

舞踏会の開始までには、まだいくらか時間があるようだった。

（……綺麗な月……）

八緒は薄野原の片隅で、空を見上げた。

一緒に十五夜を見られないのは出会って初めてのことだけれど、せめて焔来もこの翰林院のどこかで同じ月を眺めていいてくれればいいと思う。

（焔来……どこにいるんだろう）

あの日つくった衣装を身に着けているだろうか。焔来はあまり関心を持たなかったから、デザイナーと相談しながらほとんど八緒が意匠を決めたと言ってもいい。それを纏った焔来を、気づかれないように、せめて遠目にでも見たかった。

彼は舞踏会の開始とともに、宴の進行役として会長の挨拶をするはずだ。

（あの木立の陰に隠れれば、こっそり見られると思うんだけど……）

八緒はゆっくりと、薄野原の外れへ向かった。

「もう、焔来ったら……！」

ふいに彼の名を呼ぶ声が聞こえたのは、木立の入口まで来たあたりのことだっただろうか。

（え……？　焔来？）

華恋の声だった。

ふたりが一緒にいるところに出くわしてしまったのだ。悪い予感がするのに、そこに焔来がいるとわかれば、覗かずにはいられなかった。八緒はそっと声のするほうを窺った。

思ったよりもずっと近くに、あの衣装を纏った焔来がいた。

（ああ……やっぱりよく似合う）

八緒は目を細めた。最高級の白い絹地も金の飾りも、すべてが焔来を引き立てて、たまらなく美しい。

ただ、緑郎が言ったとおり、どことなく艶を失った毛並みだけが気になって。

（ブラシをかけてあげたいけど……）

出ていくわけにはいかない。

そんな八緒を嘲笑《あざわら》うように、華恋が言った。

「ふだんはまだしも、今夜という今夜までそんな格好でいるつもり⁉」

「別にかまわないだろう。放っておけ」

「かまうわよ！　隣にいる私まで恥ずかしい思いをするんですからね……！」

「わかった。だが自分でやる」

「いいから、向こうを向いて！」

華恋は、手にブラシを持っていた。彼女は白い手で焔来のしっぽを握ると、豊かな被毛を梳かしはじめる。

「おい、華恋……！」

「すぐ済むから！」

焔来はそれを取り上げようとするが、華恋は放さない。ブラシを奪い合うふたりの姿が、まるでじゃれ合っているように見えた。

（それは俺の仕事なのに）

とうに屋敷を逐《お》われているのに、そう思わずにはいられなかった。

でも、ふたりが結婚したら、焔来の世話はきっと華恋がすることになる。毎朝ミミにふれ、しっぽの被毛を梳かし、服を選んで着せて。

（……焔来、本当に結婚するの？）

──華恋は一番の候補と言ってもよいでしょう。あの仔は焔来を好いているし、同じ狐族……

女院の言葉に被せるように、遠い遠い日の誓いがミミに蘇った。

――俺はまだ結婚する気などない。九百年も寿命があるのに、何故そんなに早く娶らねばならない?

(俺が生きてるうちは、誰も娶らないって言ったじゃん……!)

勿論、そんなことが実現するなどとは欠片も思っていなかった。そう言ってくれただけで嬉しかったし、満足だったはずだった。

なのに、胸の中にぐるぐると黒いものが渦巻き、恨めしさでいっぱいになる。

ぼろぼろと零れる涙を袂で隠し、八緒は逃げ出した。

「ちょ、走るな……!」

その途端、緑郎の声がした。直後、何かに躓《つまず》いて転びそうになってしまう。倒れかけたところを、ぎりぎりのところで抱き留められた。

「ばか、腹の仔に障るって……!」

「緑郎……」

彼はどこかから八緒を見つけて、走ってきてくれたようだった。肩を抱いて覗き込んでくる。

「大丈夫か?」

涙で声にならず、ただ頷く。

「おまえ、なんでこんなところにいるんだよ?」

「……ごめんなさい……」

項垂れるばかりの八緒に、大方のところは察したようだった。ため息をつきながらも、彼は八緒を責めたりはしなかった。

「具合、悪くなってないか」

「……ちょっと……。でも大丈夫だから」

「熱は？　……ない……」

額に手を押しあてる緑郎の言葉が、ふいに途切れた。

「八、緒……？」

かわりに、別の男の声が降ってきた。

(焔来……！)

顔を上げれば、焔来が目を見開いてこちらを見つめていた。今の騒ぎで、彼は八緒の存在に気づいたようだった。

月光の下、焔来と対峙する。視線が合って、胸が震えた。自分に向けられる彼の顔も声も、本当にひさしぶりに思えた。

「焔来……」

またじわりと涙が溢れてくる。

けれども焔来の表情は、再会を喜ぶものではなかった。彼の瞳が、驚きから怒りへと色を変えていく。

「おまえたち、何をしている？」

「何って……」

「……今、腹の仔と言ったか……？」

「……」

「では、やはり身籠ったというのは本当だったんだな」

「……っ……」

どう説明したらいいのかわからなかった。

自分たちのあいだにはできるはずのない仔供のことを話して、焔来は信じてくれるのかどうか。

それでも、きちんと話をしたかった。

(もし……焔来が俺のことを信じてくれたら)

と、狂おしく願う。

だが、八緒が口を開きかけた瞬間、彼は言った。

「……誰の仔だ？」

「……っ」

「その男の仔か？」

「ちが……っ」

緑郎を視線で示され、八緒は慌てて首を振った。けれども焔来は聞いてくれない。

「いつのまによりが戻っていた？　それとも最初から別れてなどいなかったのか！」

「違う……‼」

焔来は今でも、八緒と緑郎が昔つきあっていたと思っているのだ。焔来に抱かれるために
ついた嘘が、こんなときに躓きになるなんて。

嘘だったのだと言いたい。焔来以外に抱かれたことなど一度もないのだと。

だがあれは、絶対に話してはならない秘密だ。

「じゃあ誰の仔だ⁉」

「ほ……焔来の……」

「俺のだと？」

焔来の目が昏《くら》く光る。

「信じて……‼」

それでも八緒は必死で叫んだ。

「信じられないのが当たり前だと思う。でも俺は、焔来を裏切ったりなんかしてないから
……っ‼　嘘だったら八つ裂きにしてもいい、だから俺のこと」

信じて。

「……八緒」

「えーっ⁉」

甲高い声が響いたのは、そのときだった。華恋だった。彼女は焔来の腕にぶらさがるようにして腕を絡める。華やかな桃色のドレスは、焔来の白い燕尾服とよく合っていた。

「でも猫が狐の仔を孕めるわけないじゃない！　ということは、焔来の寵愛をほしいままにしておきながら、浮気したのは間違いないってことでしょ！」

「で、でも俺は……！」

「じゃあ、これまでに一例だって、雄猫が狐の仔を産んだなんて話、聞いたことある⁉」

八緒は答えられなかった。これまで何日も鞍掛の書庫に入って先例を探しているけれども、なんの結果も得られてはいなかったからだ。

「それに私、見ちゃったんだよね。校内でふたりがキスしてるの」

「そんなばかな……っ」

あり得ない。校内では勿論、どこでだって緑郎と口づけを交わしたことなどなかった。だが、かまわず華恋は続けた。

「今だってそんなにべったり抱き合っちゃって、やらしい。そのお腹《なか》の仔、やっぱ緑郎君の仔なんじゃないの？　同じ猫なんだし……！」

焔来の全身の被毛が、一気に逆立ったように見えた。

「華恋……‼」

緑郎が声を荒らげる。

八緒ははっとして、緑郎の腕から身を離した。焔来が現れたことで意識が逸れ、自分の体勢のことなどすっかり頭から飛んでいた。

「あ、そうだ」

まるで――敢えて空気を読まないかのような華恋の声が割って入る。

「そのときこれ、拾ったの。ふたりとも夢中で気がついてなかったみたいだったけど、返すわね」

「これは……」

華恋に手渡されたのは、いつのまにかなくしていた八緒の根付だった。

キスなどしていないのだから、そのとき落としたものなどではありえない。けれどもその嘘で、華恋の言葉は真実味を増してしまう。

焔来はふいに八緒の胸もとを掴み上げた。

「おまえ……本当に」

「違う……っ‼」

八緒はふるふると首を振った。

焔来が手を振り上げる。こんなときでさえ、間近で見る焔来はとても綺麗だと思う。怒りがオーラのように彼を包んで見える。

信じてもらえないなら、このまま焔来に殺されてもいいと思った。ただ、腹の仔だけは死なせるわけにはいかないけれど。

「……身二つになったら……俺のこと、いつでも殺して、中身までたしかめて」

「……っ……」

焔来は、その手を振り下ろすことはなかった。

「会長……！　そこにいらしたんですか。そろそろ開会の挨拶をしていただかないと！」

ちょうど駆けつけてきた生徒会役員が、緊張を破る。

「……っ」

焔来は八緒を離した。

「今行く……！」

彼は踵を返し、崩れ落ちる八緒を残して、その場を去っていった。

＊

八緒が神仔宮からいなくなってから、焔来はどれほど心配したかしれない。

それと同時に、身体の半分がごっそりと削《そ》ぎ落とされたような喪失感に支配されることになった。

ひとりでもやっていけるはずだと気を張り、月下舞踏会の準備に没頭してみたものの、その感覚は決して消えることはなかった。

どれほど八緒が傍にいたかを思い知る。

物心ついた頃から、ずっと一緒だったのだ。朝は八緒に起こされ、支度を整えられ、一緒に食事をして、翰林院へ行って、帰ってからも、同じ褥で眠るまでずっと。

これまで離れたことがなかったから、八緒がいないということがどういうことだか、本当にはわかっていなかった。

長い歳月をともにした繋がりのせいか、命の危機にないことはなんとなく感じていたけれども、無事な姿を見たときには本当にほっとした。——たとえ、緑郎の腕の中にいたとしてもだ。

家探ししたときには見つけられなかったが、鞍掛にいるのだろうと思ってはいた。緑郎が八緒をほとんど心配せず、捜そうともしていないようだったからだ。行方《ゆくえ》不明だと思っているなら、当然鞍掛でも手を尽くして捜していただろう。緑郎を捕まえて八緒の様子を聞きたかったが、問い詰めようにも彼は焔来を避けるように姿を見せなかった。

そのことは焔来に、居所がわかっているという安心とともに、焦燥をもたらした。

八緒が緑郎の仔を身籠って、一緒にいるのだとしたら。

激しい嫉妬に駆られながら、焔来はまだ八緒を信じていた。八緒の懐妊は稲荷御所の嘘である可能性を棄ててはいなかった。

(だが、本当に孕んでいた)

——腹の仔に障るって……！

緑郎に抱かれていた八緒の姿が瞼に蘇る。

(もう少しで殴るところだった)

誰の仔であれ、身籠っている相手に対してあり得ないことだ。けれどもしあれ以上一緒にいたら、自分を抑えることができたかどうか。

(雄猫が狐の仔を孕むわけがない)

つまりは八緒は誰か別の男の仔を孕んだということだ。

自分のばかさ加減に笑えてくるほどだった。

(まさか八緒に限って裏切るなんて)

その相手が誰かといえば、緑郎以外思いつけなかった。

(……いつのまに)

以前、緑郎とつきあっていたことは聞いていたが、焔来と新枕を交わす前に、約束どおり別れたと思っていた。

未だ続く仲のよさが不愉快で、八つ当たりのような真似をしたことはあっても、本気でふたりがよりを戻しているかもしれないなどと思っていたわけではなかったのだ。ただ八緒が他の男と仲良くしていれば、嫉妬せずにはいられなかっただけだ。

それでも、緑郎の仔なのだとなかば納得してしまっているのは、長年燻《くすぶ》っていた嫉妬の埋火《うずみび》は、自分で思っていたよりずっとずっと大きかったということなのかもしれない。

(……くそ)

あのあとどんな開会の挨拶をしたのか、覚えていなかった。すぐに奥へ引っ込んで、ひとりになれる場所を探して今に至っていた。

華恋と踊る気にも、どうしてもなれなかった。

——それに私、見ちゃったんだよね。校内でふたりが抱き合ってキスしてるのあの科白が本当でも嘘でも、思い出すと腸《はらわた》が煮えくり返りそうになるからだ。

——今だってそんなにべったり抱き合っちゃって、やらしい。そのお腹の仔、やっぱ緑郎君の仔なんじゃないの？　同じ猫なんだし……！

「こんなところにいたのか」

生徒会室の会長の椅子で、頭を抱えて深く吐息をついたそのとき、ふいに窓からの侵入者があった。

視線だけ上げれば、音も立てずに絨毯《じゅうたん》に降り立つ緑郎がいた。

「……よく顔を出せたものだな」

出ていけという言葉が喉まで出かかった。だが、八緒の様子を知りたい気持ちのほうが勝つ。

「……八緒はどうした」

「家に帰したよ。念のために寝かせてきたけど、体調はそう悪くない」

「……そうか」

「おまえさあ」

緑郎はなれなれしい口調で言い、机に手を突いた。

「ほんとにあれ、俺の仔だと思ってんの？」

「責任逃れするつもりか」

ひとりでに視線がきつくなる。八緒を孕ませておいて、見捨てて逃げようとするかのような態度に激しい憤りを覚えた。

「違う。ま、俺の魅力からすれば、おまえが疑うのもしょーがねーけどな。——でも、俺は手を出してない」

「じゃあ、他に誰がいるというんだ」

「おまえ」

「貴様……っ！」

焔来は思わず立ち上がった。

「おっと」

襟首を摑もうとした手を、緑郎はひらりと避ける。焔来は舌打ちした。

どこかで、緑郎の言葉を真に受けたがっている自分がいる。そのことにひどく苛立った。

続けた言葉はさらに低くなった。

「雄猫が、狐の仔を孕めるはずがないだろう」

「だけど八緒はそう言ってる。それ以外には、身に覚えがない、と」

「――……」

――じゃあ誰の仔だ
――ほ……焔来の……っ。信じて……‼

先刻の八緒の悲痛な声が蘇り、胸を揺さぶる。ほだされてしまいそうで、できることならミミを塞ぎたかった。

――信じられないのが当たり前だと思う。でも俺は、焔来を裏切ったりなんかしてないから……っ‼　嘘だったら八つ裂きにしてもいい、だから俺のこと
「……さっき、八緒がどうしてるかって聞いたよな」

「ああ」

「毎日、書庫に籠《こ》もってる。身体に障るから、あまり無理はしないように言ってはいるけどな」

「書庫？」

思いがけない単語が出てきて、焔来は首を傾げた。

「何故そんなところに」

緑郎はふ、と笑った。

「あいつは奇跡を探してるんだよ」

「奇跡、だと……？」

「そう。——雄猫が狐の仔を産んだ前例が、一つでも存在しないか、ってな。来る日も来る日も、一生懸命古い文献を探してる」

その話は、焔来を揺さぶらずにはおかなかった。彼は瞠目《どうもく》した。

「後ろめたいことがあるなら、そんなことをすると思うか？　——ま、勿論、身に覚えがないふりをしているだけ、って見方だってできるけどな。万一文献が見つかったら、九尾狐家の跡取りを狙えるからとか？」

（八緒はそんなことはしない）

いくらなんでもそれくらいのことはわかる。長いあいだずっと一緒にいたのだ。嘘をついて家を乗っ取ろうとするような輩《やから》とは違う。

だが、それなら八緒は誰の仔を孕んだというのか。

「合理的な説明をつけるなら」

と、緑郎は言った。

「薬を盛られるか、術にかけられるかして眠らされてるうちに強姦《ごうかん》でもされたとしたら……八緒に自覚がないのも当然ってことになるけどな」

「強姦……!?」

「ただの一例だよ」

「まさかおまえがやったんじゃないだろうな!?」

「まさか……!! 言っておくけど、俺は八緒に指一本ふれたことはねーからな!!」

「何を言う、昔つきあっていたんだろうが……!」

緑郎は、しまった、という顔をした。

「あ、あ——……っと、あれね……」

焔来は眉を寄せる。つきあっていたことをごまかそうとするかのような——それとも忘れていたとでも言わんばかりの態度に、いっそう視線はきつくなる。

緑郎はしばらくミミを掻いていたけれども、やがて深くため息をついた。

「まあいっか。もう今さらだよな。——おまえ、稲荷御所には言うなよ?」

「ああ……?」

「嘘なんだよ」

「なんの話だ」

「俺たちがつきあってたって話。八緒が、おまえの御添い臥しに選ばれるためには、情交経験があるのが最低条件だったからな。それであいつ、俺とつきあってるって嘘ついて、立候補したってわけ」

「――な……」

焔来は呆然とした。唇がぱくぱくと開閉するばかりで、言葉が出てこなかった。

そんなことがあり得るのだろうか。

だとしたら、八緒の初めての相手が緑郎だと思ってずっと嫉妬してきたのは、いったいなんだったのか。

「――嘘……だと」

ようやく声が出ても、とても簡単には信じられなかった。

「……だが、……あいつは最初からやたらとよく知っていて、……手馴《てな》れてもいたし」

初夜のことを思い出す。

――焔来はただ俺に任せててくれればいいから
けれどそう言いながら、八緒の手は震え、どこかぎこちなくもあったのだ。

「俺が教えたからな」

その答えに、また摑みかかりそうになる。

「貴様やはり……！」

「……っと、勘違いするなよ。俺は指一本あいつにふれちゃいねーよ。絵図に描いて、やりかたを口で説明しただけ。あと、実際に他のやつとやってるとこ見せたり」

「な……」

「勿論、信用できる相手とな。なんならそいつに証言させてもいい。——それでも嘘だと思うなら、八緒の部屋を探してみたらどうだ？　あのときの絵図、まだ持っていたら部屋にあるかもしれない。可哀想に、あいつ神仔宮を追い出されるとき、ほとんど何も持ち出せなかったみたいだからな」

「——……」

緑郎の話が具体的になるにつれ、信憑性が生まれはじめる。

「だが……だとしたら、なんのために八緒はそうまで……」

「そりゃ、考えたらわかんだろーよ」

緑郎は呆れたように言った。

「おまえの新枕の相手を誰にも渡したくなかったからだよ。……あの時点では、たった一回きりのことになるはずだったのにな。おまえと添えるなんて万に一つ、いや億に一つもないとわかっていながら、あいつ」

八緒は稲荷御所の命の許、義務と忠誠心から新枕を務め、抱かれるようになったのだと思っていた。だからこそ、八緒の初めての相手だったというだけでなく、ふつうに愛情で結ばれてつきあっていたはずの緑郎に、嫉妬せずにはいられなかった。

だが、最初からそうではなかったのだとしたら。

自分と一度きりの契りを結ぶために、そこまでしてくれたのだとしたら。

「そもそも、他の男の仔を孕んでおきながら、身に覚えがないなんて白《しら》を切れるやつかどうか、もっとちゃんと考えてやれよ」

その言葉は焔来の胸に深く食い込む。嫉妬で霧のように覆われていた視界が次第に晴れていく。

「好きなら、あり得ないことでも信じようとしてやるべきじゃないのか?」

——……身二つになったら……俺のこと、いつでも殺して、中身までたしかめて

「前に、あいつのことどうするつもりかって聞いたけど、答えはまだもらってなかったよな。もう一回聞く。あいつのこと、どうするつもり?」

と、緑郎は言った。

神仔宮へ戻ってすぐに、焔来は八緒の部屋を訪れた。

(これが、八緒の部屋……)

襖を開けて、殺風景さに一瞬立ち尽くした。そういえば、中に入ったことなどほとんどなかったのだ。八緒がいなくなったときにここも捜しはしたが、あのときは必死で、室内のようすなどまるで目に入っていなかった。

(あいつはずっと俺の傍にいたから)

八緒自身、自分の部屋で、ひとりでゆっくりと過ごしたことなどあまりなかっただろう。だからこそ、この部屋にはもともと物が極端に少ないし、生活感もない。

それほど焔来と八緒とは、一緒に過ごしてきたのだ。

(あいつは夜も昼も、俺に仕えて、俺の世話をして)

今さらながら、八緒のじん生《せい》を自分が奪っていたのではないかということに思い至る。

本当なら、焔来との関係は一度きりのもの。そのあとは、八緒は昼間は仕事として焔来に縛られても、夜は自由に自分の時間を使うことができたはずだった。なのに、焔来がなかば無理矢理、関係を続けることを希んだ。

八緒を抱くようになってこのかた、自分は八緒にずっとひどいことをしていたのではないか。……だから、八緒は、他の男の仔を。

焔来は無意識に首を振った。

それでも八緒は、いやな顔一つせずに笑っていてくれたではないか。

今はともかく、絵図を探すことだ。

物がないだけに、捜索は簡単だった。

あちこち開けてみるまでもなく、文机の引き出しの一番底に、ひっそりとしまわれていた絵図を見つけた。

緑郎の意外にも上手な交合絵に、説明を受けて書き足したらしい八緒の小さな文字が添えられている。体位はあの夜たしかに八緒が試みようとしたものだったし、口淫のしかたなども、身をもって覚えのあるものだった。

（……八緒）

絵図を握り締める。

八緒と緑郎とが昔恋《こい》びと関係にあったことに、ずっと嫉妬してきた。理不尽に別れさせておきながら、今でも心が——ときには身体も繋がっているのではないかと、疑った。

けれどもそもそもふたりのあいだには、最初から何もなかったのだ。

なのに八緒は、緑郎とつきあっているから性交にも慣れているなどと偽って、こんな絵図で勉強したり、他《た》にんの行為を見学までして焔来の御添い臥しを務めようとした。——誰にも、抱かれたことなどなかったくせに
——考えたらわかんだろ？

（ああ）

自分に向けられる八緒の笑顔が、瞼いっぱいに広がった。

それほどまでに、八緒は自分を思ってくれていたのだ。

八緒が、浮気などするはずがない。

だが、雄猫が狐の仔を孕めるはずもない。

だとしたら、可能性があるのは、八緒自身にも覚えがないうちに孕ませられたということか。

緑郎の言葉がにわかに信憑性を帯びてくる。

――薬を盛られるか、術にかけられるかして眠らされてるうちに強姦でもされたとしたら
……八緒に自覚がないのも当然ってことになるけどな
それなら、辻褄《つじつま》は合うのだ。

もしそれが真実だったら、八緒を犯した者は絶対にゆるしてはおかない。必ず突き止めて、八つ裂きにしてやる。

……けれども、八緒に非はない。八緒は自分を裏切ってなどいない。

たとえ腹の仔が誰の仔だとしても。

（……八緒）

6

(……焔来に、裏切ったと思われた)

わかっていたこととはいえ、やはりその事実は八緒にはひどく重かった。

本当に、他の男の種を孕むような覚えなどないのだ。

だが、焔来は信じてはくれなかった。

手を放したときの、彼の冷たい視線が忘れられない。思い出しては、何度も八緒の胸を抉った。

(焔来、焔来)

何度も胸で名前を呼ぶ。

(俺たち、もうだめかなあ?)

誰ともわからない男の仔を産んで、焔来の傍に置いてもらえるわけがない。どう考えても無茶だとわかっていても、何度も考えた。

(閨に侍るのはだめでも、ふつうに従者として、仕えさせてもらえないかな)

繰り返し腹をさする。この仔が焔来との仲を引き裂く者だったとしても、それでも愛しかった。

もっと早く自分で気づいて、知られる前にこっそりと始末していれば、今でも彼のもとにいることができたのかもしれない。けれど何度思い返しても、八緒は自分にそれができたとはどうしても思えないのだ。

（この仔は焔来の仔だ）

認めてもらえなくても、どうしてできたのかわからなくても、それ以外に考えられない。

絶対に産みたかった。

（ひとりでも産んで、育てる）

いつまでも甘えるわけにはいかないかもしれないが、さいわい身二つになって落ち着くまでは、鞍掛に置いてもらえる。

（……そのあとは）

どこか仔どもとふたりで暮らせるところを探さなくてはならない。

金の面ではどうにかなるにしても、ひどく心細かった。

（でも、俺がしっかりしないと）

（焔来の仔どもを守らないと）

……でも、本当に？

焔来の仔どもだと信じているけれど、他に身に覚えなどないけれど――でも、覚えはないけれど、以前緑郎の言ったようなことがあって、誰とも知れない仔を孕まされたのだとしたら？

（まさか）

ちらりと脳裏を過ぎった考えを、全力で否定する。ぞくりと粟立った肌を両手でさする。

だが、そう考えたほうがむしろ理に適ってはいるのだ。雄猫が狐の仔を孕んだとするよりは。

（……でも、焔来の仔である可能性が一分一厘《りん》でもあるなら、俺は）

蔵の外で、がさっと草の揺れる音が聞こえたのは、そのときだった。

八緒ははっと顔を上げた。

（庭に、誰か……？）

咄嗟に考えたのは、焔来が会いに来てくれたのではないかということだった。

そんなことはあり得ない。それにもしあったとしても、ふつうなら玄関から入ってくるはずだと思う。

でも、もし鞍掛の養父たちの目を盗んで、忍び込んできたのだとしたら？

背伸びをして、高窓から外を見ようとする。けれどもほとんど真っ暗で、何も見えない。

「焔来……？」

そうするうちに、鉄扉ががちゃがちゃと乱暴な音を立てはじめた。

（焔来じゃない……！）

焔来は声もかけずに鍵を開けようとしたりしない。

（誰⁉）

じわじわと後ずさる。けれど狭い蔵の中では、すぐに背中が壁についてしまう。

同時に扉がこじ開けられ、黒装束の男が入ってきた。

「……っ……」

顔はミミごと頭巾《ずきん》で覆われていて、見えない。だがその男が手に木刀を持っていることに気づいて、八緒は息を呑んだ。

振り下ろされた切っ先をどうにか避けて、扉のほうへ走る。

「誰か……っ」

ひとを呼ぼうとした途端、肩口を殴りつけられた。

「ぐ……っ‼」

八緒は呻いて、その場に崩れ落ちた。

（何故……⁉）

この男は誰で、何故こんなことをするのだろう。

木刀でどんなに殴られても、そうそう死にはしない。狙っているのは八緒というより、八緒の腹の仔なのか。

そのことに愕然とすると同時に、ますますわからなくなった。

けれどなんとしてでも守らなければならない。この仔を。

八緒は手近にあった燭台《しょくだい》の脚を摑み、向かってきた男の脚を薙《な》ぎ払った。もんどりうって男が倒れる。その隙に、八緒は庭へ下り、走って逃げようとする。だがすぐに引き倒されてしまう。

顔を上げた途端、男が八緒の腹に向かい、木刀を振り下ろそうとしているのが見えた。

「ひっ……！」

息を呑み、横に転がってなんとか避ける。手を突いて立ち上がり、駆け出そうとするところを再び引き倒される。

「ほ……焔来……っ」

もうだめだ、と思った瞬間、唇から焔来の名が零れた。

焔来は守らねばならない主で、たすけを求めるべき相手ではないのに。

腹を守り、這って逃げながら、ぼろぼろと涙が溢れる。もうこれまでなのかと思う。

けれども、次の衝撃は襲ってはこなかった。

「八緒……‼」

かわりにミミに届いたのは、愛しいひとの自分を呼ぶ声だった。

振り向けば、まっすぐに庭を駆け抜けてくる焔来が見えた。木刀を振り上げた男は、そのままの格好で止まっている。焔来が術をかけたのだとわかった。

「ほ……焔……っ」

手を伸ばす。駆け寄ってきた焔来は、八緒を抱き起こした。

「大丈夫か⁉」

「腹の仔は⁉」

八緒は声も出せず、ただこくこくと何度も頷いた。

ああ、心配してくれるんだ、と思ったら、また涙が零れた。

「……大丈夫。焔来が、守ってくれたから……っ」

舞踏会のままの焔来の上着を、思わずぎゅっと握り締める。

「……ありがと……」

「俺の仔なんだろう？　当たり前のことをしただけだ」

「……っ信じてくれるんだ……っ？」

八緒ははっと顔を上げた。

「他の男にはふれさせていないと、おまえが言ったんだろう」

「うん。……うん。絶対ない、誓う……っ」

涙でほとんど言葉にならなかった。

「……っでも、俺が焔来の仔を孕めるわけないのに、……なんでだか、自分でもわかんないんだ……っ」

「おまえが裏切っていないのなら、それでいい。おまえが俺の仔だと言うのなら、そうなんだろう。もし、猫のミミのついた仔が生まれたとしても、ただおまえに似ただけなんだろう。おまえの仔なら、俺の仔として愛せると誓う」

「焔来……」

(猫の仔が、生まれても……?)

見開いた瞳から、大粒の涙がいくつも頬を伝った。

「愛している。おまえだけがずっと好きだった」

「俺も、俺もずっと好きだった……っ」

本当に、どんなに愛していたかしれない。ほんの仔猫の頃から、焔来のことだけ見てきたのだ。愛しくて愛しくて、ずっと傍にいたくて、でもいつまでも続くとは思えなかったから、毎日毒見役を務めながら、このまま身代わりに死ねたらいいのにとさえ思っていた。

焔来はめずらしくやわらかな微笑を浮かべる。八緒を抱いて頭を撫でる。月光が蒼《あお》く澄んでふたりを照らしている。

「俺の妃になれ」

「ほ……焔来……っ!」

彼の名を呼ぶ声が、悲鳴のように響いた。

神仔宮の妃になるということは、将来の王妃になるということだ。無理筋にもほどがあると思った。

(ありえない)

棄て仔だった、しかも猫の自分が九尾狐の王妃になるなんて、ゆるされるわけがない。一族も世間も認めてはくれない。

なのに焔来は言うのだ。

「おまえを王妃にする。俺の仔を孕んだのだからな。いや、孕まなくても、娶りたいのはおまえの他にはいない」

「……そんな……、そんなこと」

恐れ多い。声が震える。無意識に首を振ってしまう。

「俺の妻になるのはいやか」

「い……いやなわけないけど、……でも……」

「一緒になろう。お祖父様《じいさま》がゆるさないなら、家を捨ててもいい」

「焔来……っ」

八緒は首を振った。また涙が溢れた。たとえ本当に一緒にはなれなくても、もう一生分しあわせだと思った。

九尾狐王の世継ぎとなるべく育てられた焔来が、家を捨てられるわけもない。

それでも、焔来がそう言ってくれた。それだけでもう十分だった。

だが、焔来は言葉を重ねる。

「俺の隣にいるのは、おまえしか考えられない」

彼の思いが死ぬほど嬉しい。

(でも、この仔にもし猫のミミが生えていたら?)

焔来が責められることになる。笑い者にもなるかもしれない。そのことを考えたら、とても頷くことなどできなかった。

八緒は首を振り続ける。

「……俺は、……焔来が信じてくれただけで、十分だから……っ。仔どもは、俺がひとりで、……さいわい鞍掛に、いてもいいって……」

「八緒」

八緒がしゃくり上げながら紡ぐ科白を、焔来は遮った。

「命令だ」

「……命令」

それは八緒にとって、とても重い言葉だった。焔来に仕える者として、彼の命令を拒否することはできない。

（……でも、この命令は……）

焔来を苦しめる命令だ。受け入れるわけにはいかない。たとえ焔来に逆らうことになってもだ。

「……いや、違うな」

八緒が決心し、唇をひらくより早く、焔来は小さく首を振った。

「え……」

「……頼む」

「頼、む……？」

八緒はミミを疑った。焔来との長いつきあいの中で、彼の口からそんな言葉を聞いたのは、これが初めてのことだった。

「一生のお願いだ。……いろいろ苦労させることになると思うが、……八緒。俺の伴侶になってくれないか」

「……う……」

一度は治まりかけていた涙が、堰《せき》を切ったように溢れ出した。

焔来のためを思うなら、逆らわなきゃいけないのに。なのにどうしても、八緒は焔来の「お願い」を断ることができない。

八緒は焔来の首に腕を回し、ぎゅっと抱き締めて、こくりと頷いた。

「ごめん、ごめん焔来」

「何を謝ることがある」

「だって……っ」

自分が苦労するのは全然平気だ。でも、焔来にもしなくていいはずの苦労をたくさんさせてしまう、きっと。

「悪いと思うなら、少しでも長く俺の傍にいられるように、一秒でも長生きしてくれ」

「うん……うん、頑張る」

応えるように、焔来の腕に力が籠もる。

かと思うと、ふわりと抱き上げられた。

焔来の視線が八緒を離れ、下のほうへ落とされる。

「おまえ」

それを追えば、八緒を襲った男を緑郎が取り押さえていた。彼もまた、焔来と一緒に来ていたらしい。

焔来は射殺すような目で男を睨めつける。

「誰に頼まれた」

「だ……誰にも」

途端に嫌な音が響き、男が悲鳴をあげた。腕の骨がありえない方向に折れ曲がっていた。

緑郎が折ったわけではない。焔来が霊力を使ったのだとわかった。

「次は目を潰す。三、二、一」

「華陽《かよう》様だ……‼」

数字が残す一つとなったとき、男は叫んだ。

「華陽様に頼まれたんだ、腹の仔を流せ、あわよくば母体も殺せ、と……！」

「――……」

男の答えに、焔来は呆然としていた。狐に摘まれた――とでも言ったらいいのか、八緒もまた同じ気持ちだった。

「華恋の、母親……？」

華陽の方《かた》は華恋の母であり、焔来の父の弟の正室でもある女性だった。そういう彼女が何故こんな真似をするのだろう。

華恋を焔来に嫁がせるため？　それだけのためにこんな真似を？

しかも客観的に見れば、八緒は焔来を裏切り、他の男の仔を宿して九尾狐家を逐われた身の上だったのだ。そんな自分の存在が、それほど華恋の邪魔と見做されるとは思えなかった。

華恋自身、八緒のことはすでに排除したも同じと考えていたのではないかと思うのに。

「華陽の方をここに呼べ」

「え、ここに……⁉」

「首に縄をつけて引きずってでも連れてこい。今すぐにだ」

「俺が⁉」

緑郎は声をあげる。

「俺が神仔宮に呼び出してもかまわないが？」

ぞっとするような冷たさで、焔来はそう告げる。

もしそんなことになったら、もうどうにもごまかしようもないほどの大騒ぎになってしまう。

それは緑郎にも伝わったようだった。

「どういうことなのか、洗いざらい吐いてもらう」

と、焔来は言った。


深夜。

華陽は身分に合わない地味なじん力車《りきしや》に揺られ、ひと目を忍ぶようにして鞍掛家にやってきた。

何故呼ばれたか、薄々は察しているのだろう。緑郎がある程度のことは仄めかせて脅したのかもしれない。

その青白い顔からは、それでも気位の高さが滲み出ていた。

鞍掛の離れで、焔来は彼女に対峙した。八緒は寝ているように言われたが、辛くなったらすぐに横になるという約束で、焔来の傍で脇息《きょうそく》に凭れていることをゆるされた。

「このような夜中に急なお呼び出しとは、いったいなんの御用でしょう」

彼女は、焔来の亡くなった父親の弟の妻——焔来にとっては叔母にあたる女性でもある。だが彼の冷たい視線には、親族に向けるような情など欠片も感じられなかった。

「その男に見覚えがあるだろう」

焔来は、捕えた男を示した。彼は焔来の術にやられて意識を失っている。

「存じませぬ」

「この男は、あなたに命じられて八緒を襲ったと言っているが」

「身に覚えがありませぬ。このような不逞《ふてい》の輩の言うことを、神仔宮ともあろうおかたが真に受けるのですか」

彼女の表情は変わらない。

「あくまでも白を切るというなら、身柄を役所に引き渡し、調べさせる」

「いくら王家のお世継ぎといえども、この私にそのようなことをすれば、夫も実家も黙ってはいませんよ」

「誰が何を言おうと知ったことではない！」

「私が捕えられるようなことにでもなれば、王家も無傷ではいられません。どれほど泥にまみれることになるか」

「それがどうした」

焔来は失笑した。その表情は笑っていながらとても怖い。

「おまえは自分が何をしたかわかっているのか？　我が一族の次期王妃と、いずれ王となる嫡仔《ちゃくし》を手にかけようとしたのだぞ……！」

「ちょ、焔来……っ」

八緒は思わず声をあげた。こんなふうに言ってもらって、嬉しくないわけでは決してないが、やはり戸惑わずにはいられない。八緒の中にはまだ妃になるという実感までは生まれていなかった。

だが、袖を引いても、焔来は鋭い視線を華陽に据えたままだ。

「――王妃、などと戯言を……」

華陽は低く呻くように言った。

「不貞の仔を孕んだ棄て猫ではありませんか……！」

その途端、焔来の身体が狐火に包まれたような気がした。

（焔来……っ）

焔来の名を口の中だけで呟く。恐ろしさに声が出なかった。仔猫の頃から長いつきあいになるけれども、こんなにも怖い焔来を見たのは、このときが初めてのことだった。

「……気が変わった」

と、焔来は言った。

「おまえは俺がこの手で地獄に送ってやろう」

それならなんの証拠も必要ない。

焔来が立ち上がる。直後、華陽が胸を押さえて吐血した。

「……っ……ッ……」

「焔来……っ⁉　焔来、だめだ……っ！」

焔来の上着の裾を引っ張る。けれども彼を止めることはできなかった。

「焔来……！」

このままでは焔来をひと殺しにしてしまう。

(それだけは)

八緒はよろめきながら身を起こし、正面から焔来に抱きついた。他に思いつかなかった。

「八緒……っ⁉」

その瞬間、張りつめた空気が切れた。

華陽の咳き込む姿を目の端に捉え、八緒はほっと息をついた。崩れそうになる八緒の身体を支え、焔来も膝をつく。

「おまえ、なんてことを……っ」

「……ごめん……」

術の最中に割って入る危険がわからないわけではないけれど、それでもどうしても止めたかったのだ。

「ちょ、おまえら何やってんだよ……⁉」

席を外していた緑郎が駆け込んできたのは、ちょうどそのときだった。

なんでもない、と焔来は答える。

「それより、あったのか」

「ああ」

緑郎は巻紙を広げた。

「そいつの言ったとおりの場所に隠してあった。成功したら残りの半金を渡すという文書と華陽の方の花押《かおう》だ」

八緒を襲った男から聞き出して探した、華陽に依頼された証拠の品だ。

焔来はそれを受け取り、頷いた。

「洗いざらい話してもらおうか。何故あんな真似をした？　華恋を九尾狐の王妃にしたかったからか」

「――……」

「素直に話すなら、おまえひとりの罪で済ませてやる。だがこれ以上白を切るというなら、おまえに連なる者たちもただでは済まさない」

「そんなことができるとでも……!?」

「試してみたいか？　最初はおまえの娘からはじめようか」

「娘たちは、あなたにとっても従姉妹ではありませんか……！」

「だからどうした？」

焔来は緑郎を振り返った。

「華恋をここへ！」

焔来はどこまで本気で言っているのだろうか。まさか華恋にまでひどいことをするつもりなのだろうか？

最早《もはや》、八緒にもわからなかった。ただ、焔来の表情からは少しもふざけたところは見当たらない。

彼は唇で笑った。

「一族郎党、皆殺しだ」

背筋がぞっとした。

「……一族郎党、と申されたか」

華陽の声が低く響いた。

「それなら、まずその仔から殺すがいい」

彼女の視線が、鋭く八緒に向けられる。

焔来の顔に初めて困惑の色が見えた。

「八緒……？」

「その仔は、私の義理の息仔《むすこ》でもあるのだから……！」

何を言われたのか、八緒には呑み込めなかった。棄て仔だったはずの自分が、華陽の義理の息仔？

「……どういう意味だ」

それは焔来にも同じだったようだ。彼は問い返す。

「その仔は私の夫――あなたの叔父が、妾《めかけ》に産ませた仔なのです」

「……叔父上の仔だと……!?」

驚きを隠せない焔来同様、八緒も激しく混乱した。

（……焔来の叔父さんの仔……）

それが本当なら、八緒は焔来と従兄弟同士ということになるのだ。

（焔来の従弟）

とても簡単に信じる気持ちにはなれないまま、顔を上げれば、焔来のまるくなった目と視線が合う。

「……主《しゅ》じんの妾が男の仔を産んだと知って、とても放ってはおけなかった。私には女の仔しかいなかったから、このままではあの女の仔が跡取りになってしまう。……ある雪の夜、私はあの女を家から追い出し、仔狐ともども始末するように命じました。いったんは成功したかに見えたけれど、女の屍《しかばね》が抱いていたのは、ただの産着《うぶぎ》を纏った木切れでしかなかった。女は追手の目を盗み、いつのまにか仔狐をどこかへ隠してしまっていたのです。……けれど、あの寒さの中、到底生きていられるわけはないと思っていた……ついこのあいだ、あの根付を見るまでは」

「根付……って」

八緒がなくしたあの根付のことだろうか。鞍掛に拾われたとき唯一手にしていたという、八緒のお守り。

「華恋が持っていたそれを見て、愕然としました。夫が、あの妾にくれてやったはずのものだったからです。華恋を問い詰めれば、根付は稲荷御所の洋館で拾ったと言いました」

華陽の言葉で、根付を落としたのは、本当は洋館で焔来に抱かれたときだったのだとようやくわかった。あのとき華恋は、神仔宮に来ていたのだろう。そして焔来を探して洋館のほうへやってきた。おそらく、抱き合う姿も見られてしまったに違いない。

「あの女の仔が生きている。それだけでもゆるしがたかったのに、私の仔を差し置いて、九尾狐王家の仔を産もうとしている……！　そのことを知り、矢も楯もたまらなかった」

彼女は八緒が神仔宮を逐われ、鞍掛に戻っているらしいことを察して、刺客《しかく》を差し向けた。鞍掛の義父が蔵にかけていた術は日にちの経過とともに薄れていて、刺客は八緒の居所を知ることができた。

八緒の中に、疑問が渦を巻く。そしてそれは焔来も同じだったらしい。

「——仔狐と言ったな。だが、八緒は猫だ」

「あの女が術をかけたのです。たいした霊力もなかったくせに、最後にすべての力を振り絞って、仔狐を仔猫に擬態させる術を」

おそらくは、緑郎の家に拾ってもらえるように。

「では、八緒は……」

猫でなく狐。

(お腹の仔は、たしかに焔来の……)

じわじわとその事実が胸に染みてくる。心からの安堵《あんど》と喜びが込み上げる。

「焔来……」

彼を見上げ、手を伸ばす。その手を焔来がぎゅっと握り返してくれる。

「狐だったんだな」

こく、と八緒は頷く。

「み……みたい」

「喉を鳴らさないのは、そのせいだったんだな」

「喉？」

「おまえが、俺と寝ていても喉を鳴らさないから……！」

猫がごろごろと喉を鳴らすのは、信頼と愛情の証のはずだ。それなのに。

「焔来……そんなこと、気にしてたんだ」

「おまえが俺といても安心できていないのかと思って、……緑郎は聞いたというし」

「そんなわけないじゃん……！」

けれどもそういう部分は、本当は少しだけあったのかもしれない。

（いつか焔来の腕にいられなくなる日が来るってずっと思ってて……怖かったから）

でも八緒が狐なら。

そんなふたりに、華陽は冷たい視線を向けていた。

「――今は猫と思われていても、九尾の仔狐を産んだら正体が知れてしまう。血族婚以外では、直系でも滅多に九尾の仔は生まれないのだから。そうしたら昔私がしたことも暴露されてしまうかもしれない。いや、されなくてもゆるせるものか。あの女の仔が九尾狐王の仔を産むなんて……！　……だから、その前に手を打とうと思ったのです」

彼女の激しさに、八緒はぞくりと震えた。それはけれど、彼女の夫への愛の深さゆえの凶行だったのだろう。自分が華恋に対して抱いたどうしようもないどす黒い思いを、八緒は思い出さずにはいられなかった。

「ここまで話したのだから、私自身の命乞《いのちご》いをするつもりはありません。ただ、娘たちのことだけは……あの仔たちに罪はありません。この件が表沙汰になれば、あの仔たちはひと殺しの仔になってしまう。……それだけは」

「貴様……‼」

焔来は彼女を怒鳴りつけた。

「おまえのせいで、八緒は棄て仔として育てられ、しなくてもいい苦労をどれほどしたと思う⁉　八緒になんの罪があった？　八緒の母を殺し、八緒と仔どもまで殺そうとしておいて、自分の娘だけ守ろうとするのは虫がよすぎると思わないのか‼」

「焔来……っ」

握ったままの手を引っ張る。

「……昔のことは、もう」

「しかし」

「……命がけで俺のことを守ってくれたお母さんのことを思うと、正直華陽様を恨まないわけじゃないけど……、どんなに恨んでももう戻ってきてくれるわけじゃないし」

今さら母親がわかるなどと想像したこともなかったが、できることなら生きていて欲しかった。一度だけでも会いたかった。

「でも、俺は別に不幸じゃなかったし。むしろずっとしあわせだったよ。鞍掛の家にもよくしてもらったし、何より焔来と一緒にいられた。従兄弟として出会っていたら、焔来に仕えて四六時中傍にいることもできなかったし、御添い臥しを務めることもできなかった」

「……従弟より、侍従でよかったって言うのか？」

もし従弟として育っていたら、こんなに悩まずに焔来に添うこともできたのかもしれないけれど。

八緒は頷いた。

「華恋さんたちに罪はないのは本当だろ？」

累《るい》が及ぶようなことにはなるべくして欲しくなかったし、九尾狐家が醜聞にまみれるのもいやだった。それに何より、激昂《げっこう》のまま焔来をひと殺しにしたくない。

「八緒……、おまえ、ほんとに」

焔来は八緒を強く抱き寄せる。

「おまえがそう言うのなら」

そして彼は、華陽に言った。

「おまえの処分は、叔父上に任せる」

つまり、叔父に自身で妻を処分しろと言っているのだ。彼にとってはより辛いことかもしれないが、彼女を裏切った彼の罪でもある。

焔来は、目で緑郎に合図した。

「ったく、ひと使い荒いっての！」

愚痴を零しながら、緑郎は自らの腹心の部下を呼んだ。彼女を立たせ、気絶したままの男を引きずって、離れから連れ出す。

焔来とふたりきりになった離れで、八緒はやっとほっとして息をついた。

「……これでよかったのか……？」

と、焔来は言った。

（焔来が、そんなことを聞くなんて）

彼の言葉に感じる迷いがめずらしかった。

「うん」

八緒は頷いた。

「叔父上に——父親に会いたいか？」

実の父が生きていると知って、やはり嬉しかった。根なし草のように思っていた自分にも、根があったのだと思った。

（……会いたい）

焔来の叔父としてなら会ったことはあるが、父として対面してみたい。でも、今はまだ気持ちの整理がつかない。

「……いずれ席を設ける。今夜のところは、おまえはもう休んでいろ。明日の朝、迎えに来る」

八緒の気持ちを汲《く》んだように、焔来は言った。

「……うん」

「正式に、おまえを娶りに」

「焔来……っ」

八緒は思わず顔を上げた。

「いやだとは言うなよ」

焔来が少しだけ不安そうに見えたのが可笑しくて、八緒は小さく笑った。

王妃に、と言われれば、正直なところ気おくれを感じずにはいられない。けれど考えてみれば、稲荷御所には九尾の今上《きんじょう》陛下がおわしている。いずれはその座を焔来が引き継ぐことになるだろうが、その頃まで八緒の寿命が持つわけがないのだ。

そう思ったら、ある意味気楽になった。

「言わないよ」

そう言って、八緒は彼の胸に顔を埋める。この感触も、焔来の匂いを胸いっぱい吸い込むのも、本当にひさしぶりのことだった。

「ね、焰来」

「うん？」

「……この夜会服、凄くよく似合ってるね。一生懸命打ち合わせた甲斐があった」

「そうか」

「踊ってるところ、一回くらい見たかったけど……」

それが本当に残念だと思う。

「そうか。……それなら」

と、だが焰来は言った。

「十三夜がある」


翌日には、神仔宮から何台も自動車を連ねて、焰来が八緒を迎えに来た。

鞍掛とも夜のうちに話がついていたらしく、座敷には緋毛氈《ひもうせん》が敷かれ、焰来が運ばせてきた帯や反物《たんもの》、縁起物などが並べられていた。

そこで焰来は八緒の養父母に挨拶をして、略式だが結納《ゆいのう》にかえ、八緒を連れ出した。

――本当ならもっときちんと手順を踏むべきなんだろうが……

これ以上、離しておくわけにはいかないのだと照れたように口にする焔来が可愛くて、八緒には不満はなかった。

晴れて九尾狐家に戻った八緒は、後宮の奥に部屋をあたえられ、そこで養生しながら仔を産むことになった。

本来のしきたりなら、むしろ実家に戻って出産となるべきところだが、焔来がどうしてもと言って譲らなかったのだ。

――またおまえの身に何かあったらと思うと、俺は落ち着いて眠れもしない！

そもそも彼は、後宮に部屋をつくること自体、反対だったのだ。

――今までどおり、俺の部屋にいればいいだろう……っ

（本当は、俺もそのほうがよかったけど）

けれども女院が、妃に迎えるならそれなりの体裁を整えなければならないと言って焔来を説得したのだ。

稲荷御所からは、意外なほどあっさりと結婚の許可が下りたのだった。

八緒が狐で、妾腹とはいえ九尾狐分家の仔で焔来の従弟であるとわかったことで、反対の理由はなくなったからだ。

そしてそれ以上に、反対し続ければ本当に焔来は九尾狐家を棄てかねないと思ったのだと女院は言った。

——幼い頃から、焔来は八緒のことだけが特別だった。どこへ行くにも連れて歩くのは八緒だけ、片時も傍を離さない。……こうなるのは、運命だったのかもしれない

（運命……）

八緒にとっての運命は焔来だが、焔来にとってもそうなのだろうか。

（だったら嬉しい）

本当は、近侍のままでいられたほうがよかったのかもしれないと思うこともある。そのほうが、焔来の傍にいられた。翰林院にもどこにでもお供ができたし、湯浴みの手伝いも毒見役もできた。

それでも、焔来の伴侶になれたのは嬉しい。

八緒は改めて神仔宮の侍医長の診察を受け、大事を取るようにきつく言われて登校を控えていた。初産《ういざん》にもかかわらずいろいろなことが起こって、身体にはそれなりに負担がかかっているらしい。

つき添えないかわりに、毎朝の身繕いの世話だけは勝ち取った。

焔来は翰林院から帰るとすぐに八緒の部屋へやってきて、八緒の体調を気遣ってくれる。

——お産には危険がともなうこともあるというからな。気をつけすぎるということはない

——大丈夫だって。体調いいしさ。あんまり寝てばっかりより、ちょっとは身体を動かしたほうが、お産は軽く済むらしいよ

——……そうなのか？

疑いの目を向けてくる焔来に、八緒は苦笑せずにはいられなかった。

大切に大切にされて、嬉しい。けれどわずかな不安もある。

（先に死ぬのが怖くなるな……）

何しろ、焔来とのあいだには、八百年の寿命の差があるのだ。お産はともかく、いずれは八緒は焔来を遺して死ななければならないのに。

そのとき、自分が想像している以上に焔来を悲しませることになるのではないかと思えて。

（……まあその頃には、この仔が焔来の傍にいて、支えてくれるだろうけど……）

八緒は腹を撫でて微笑する。

そして八緒が神仔宮へ帰った翌月の十三夜には、月下舞踏会の後夜祭が開かれた。

八緒は、焔来に連れられて、ひさしぶりに翰林院へやってきた。ようやく体調が安定して、侍医長の許可が下りたのだ。

「……月が綺麗だね」

同じ綺麗な月でも、十五夜のもとで見た冷え冷えとした蒼さとは、まるで違ってあたたかく感じられる。

薄野原を見下ろすテラスは、ひとごみが身体に障るといけないからと焔来が密かに用意してくれた特等席だった。

ふたりきりで夜空を眺めた。椅子にかけた八緒のすぐ後ろには焔来が立っていて、自分だけが座っていることが少しだけ落ち着かなかった。

「そうだな。凄く綺麗だ」

肩にふれる焔来の手を握る八緒の手は、白い絹の長手袋で覆われている。

「それにしても……こんなものいつのまにつくらせてたんだよ?」

「俺のを仕立てたとき、一緒にサイズを測っただろう」

八緒は、胸の下で切り替えのある、ふわふわした流行のドレスを着せられていた。布地は薄いが、たくさんのフリルが男としての線の硬さも、わかるようになってきた腹部のまるさもすっかり隠してくれている。

狐だったということがわかっても、擬態の術をかけた者がすでに亡くなっているために、いつか自然に解けない限りはもともとの姿に戻すことはできないらしい。八緒の頭には猫の黒いミミが生えたまま、尻には黒くて細長いしっぽが揺れている。

八緒は、焔来と同じ狐の姿になってみたかったが、焔来はこのままでいいと言う。狐の八緒を見てみたいと思わないわけではないようだが、実は焔来は八緒のこの頼りないミミやしっぽがいたく気に入っていたらしい。

――それなりに可愛いから、これでいい
という言葉はひどいものだが、八緒には焔来の照れがわかるのだ。

（……知らなかった）

八緒にとっては、なんの変哲もないばさばさしたミミとしっぽに過ぎないのだが。

（可愛いって初めて言われた）

「……あのとき、おまえが燕尾服同士で踊るのはおかしいと言ったからだ」

と、仏頂面をしていながらも、やはりどこか照れた様子で焔来は言った。

燕尾服同士で踊るのが可笑しいなら、踊らなければいいだけの話だ。なのにこんなものまで用意させてしまう焔来は、どれだけ自分と踊りたいと思ってくれたのか。そう思うと可愛くて、愛しさが募る。

「だからこのドレス、注文したんだ？」

「……いやだったか？」

「いやっていうか……恥ずかしい」

ひと目に立つようなところはほとんど通っていないし、ここにはふたりきりだ。それでも女性用のドレスを纏っているのは気恥ずかしくはあった。

「お腹が目立たないのはいいけどさ」

「恥ずかしがることはない。とてもよく似合っている」

なのに焔来にそう囁かれれば、嬉しくなってしまうのだ。自分でも、自分がよくわからない。

「正直なところ、本当に着てくれるとは思わなかったけどな」

「……まあね……。俺もどうかとは思ったんだけど……」

一緒につくってくれていた燕尾服では、もう入らなかったということもある。けれど何より、焔来の希みを八緒は聞いてやらずにはいられない。

楽団の演奏が厳かにはじまり、月光のもと、薄野原では大勢のひとびとがくるくると踊り出す。

華やかなとりどりのドレスや夜会服に身を包んだ彼らの頭にはさまざまに可愛らしいミミが、尻にはふわふわとしたしっぽが揺れていた。

「踊っていただけますか」

めずらしく「お願い」の口調で焔来が手を差し出してくる。

「……ほとんど踊れないんだけど」

「知ってる。誰も見ていないんだから、かまわないだろう?」

八緒は微笑して、その手を取った。

「喜んで」

椅子から立ち上がれば、焔来が腰に腕を回してくる。

曲に合わせ、ふたりは抱き合ったまま、くるくると回りはじめた。

＊

十三夜からしばらく過ぎたある春の日の明け方、焔来はともに眠っていた八緒が、腕の中で何度も身じろぎするのに気づいて、目を覚ました。

「……どうかしたのか」

「そろそろ来たみたい」

「陣痛か⁉」

八緒が頷くのを見て、思わず飛び起きる。

「誰か……っ」

「あ……まだいいって。初産だと、けっこう時間かかるものみたいだからさ。焔来も寝てて……」

「何を言ってるんだ、おまえは……！」

八緒の遠慮を無視して、小砂に侍医長を呼びにやらせる。

「……だいぶ痛むのか？」

「まあ……でも、そういうものなんじゃないかな。……てて」

八緒は眉を顰《ひそ》める。その辛そうな表情に、焔来はどうしたらいいかわからず、ただおろおろと背を抱いて、手を握り締めるばかりだ。

焔来の表情を見て、八緒は笑う。

「そんな顔しなくたって、大丈夫だって、……っ」

「八緒……！」

「あ……ちょっと治まってきた」

「そうか」

ほっと息をつく。それを見て、八緒はまた微笑う。

「……陣痛だからな？　痛くなったり止まったりすんの」

「それはそうだろうが……」

傍で見ていれば、やはり気が気ではない。

やがて侍医長が着くと、八緒は産室へ連れていかれることになった。

焔来もついていこうとしたが、断られてしまう。

「お産の邪魔になります」

と言われれば、引かざるをえない。けれども、

「焔来、学校行って」

というのはとても聞くことはできなかった。

結果、焔来は一日中、自分の部屋で右往左往、うろうろと無駄に歩きまわって過ごすことになった。

八緒にもしものことがあったらと思うと、落ち着くことなどとてもできなかった。お産は危険をともなうもので、場合によっては死ぬこともあると聞いていたからだ。

(もう二度と産ませまい)

焔来はそう決心する。

こんな思いはもうたくさんだ。

(そうだ。仔より八緒のほうが大事だ)

もともと小さくてか弱いのに、身体に負担をかけるようなことを何度もさせて、もしものことがあったらどうするというのだ。

(今回の仔だって……最初からわかっていたら気をつけたものを)

孕むなどとは思いもしなかったから、何も気にせずに抱いてきた。けれどこれからはどうにか……避妊できる方法を考えなければ。

ただでさえ、八緒の寿命は自分より遥かに短いのだから。

「焔来様」

外から声をかけられ、焔来ははっとした。応えると、襖が開く。侍医の助手だった。

「お生まれになりました！　元気な男の仔狐様です」

「八緒は……!?　八緒は無事なのか！」

「はい！」

焔来は部屋を飛び出した。

飛ぶように産室へ向かうが、距離がずいぶんあってもどかしい。こういうとき、広い屋敷も善《よ》し悪《あ》しだと思う。

「八緒……！」

呼びに来た助手よりも先に自分で襖を開けて飛び込み、焔来は息を呑んだ。

褥に横たわる八緒が、ひどくぐったりとしていたからだ。一瞬、死んでいるのかとさえ思ったほどだった。

「は……八緒……？」

「眠っておられます」

「……そうか……」

医師の言葉に、力が抜けるのを覚えながら、寝床の傍に座った。

「八緒……」

出産で力を使い果たしたのか、ひどく窶《やつ》れて、顔色も蒼く見える。焔来はその頬に手をふれ、ぬくもりがあることにほっとした。

そのままそっと撫でれば、八緒が薄く瞼を開けた。

「焔来……？」

「ああ」

焔来の顔を見て、八緒は微笑した。疲れを濃く滲ませてはいても、輝くような笑みだった。

頬にふれた手に、頭を擦りつける。

「赤ちゃん、見てくれた……？　ちゃんと仔狐だっただろ？　俺、ちゃんと仔狐産めただろう？」

「……そういえば、まだ見ていなかった」

奥の間に入る前に助手が何か言っていた気もするが、思い出せない。八緒はそんな焔来を見て噴き出す。

「何やってんの。せっかく苦労して産んだのに」

「……悪かった……。おまえのことばかり気になって、お産には危険がともなうと言うし、難産だったし、何かあったらと思うと一刻も早く顔を見ることしか考えられなかった」

「俺って愛されてる？」

「ばか。当たり前のことを言うな」

八緒はいつものように笑うが、その顔がみるみるうちに真っ赤に染まっていく。

（……可愛い）

焔来はそのまるい頭を、ミミごと撫でずにはいられない。

「……こんな思いをするくらいなら、仔狐など二度とごめんだ」

「大げさだって。そりゃちょっとは危険はあるけど、今回だって難産ってほどじゃなかったんだってば。侍医長様もついてるし、たいていは大丈夫なんだからさ。俺、これでも女の仔よりは多少は大きいし、丈夫だと思うんだけど」

「しかし……っ」

「まあまあ、仔狐の顔を見れば気も変わるって」

八緒が視線を向けると、助手が産湯《うぶゆ》を終えたらしい仔狐を抱いて近寄ってきた。八緒は身を起こそうとする。焔来はその背を抱いて支えた。

八緒は仔狐を受け取り、腕に抱いて、焔来に顔を見せる。

「ほら、お父様ですよ」

焔来はおくるみの中を覗き込んだ。

(小さい……)

だが、たしかにその赤仔《あかご》は、狐の姿をしていた。まだひとの顔にはなっていないが、仔の親になったのだという思いを、焔来はようやく実感する。

「ほら、焔来。この仔、小さいのにちゃんとしっぽが九本あるんだぜ？」

「ああ」

焔来の仔であるという、たしかな証拠だった。

とはいうものの、

（……どうせなら、八緒に似ているほうがよかったのだが）

と思う。仔猫だった頃の八緒のあの可愛らしさが、少しも仔狐に反映されていないのは、焔来としては少々不満だった。

だが、八緒は嬉しそうだ。

「ほんと、焔来に似てよかった。俺に似て、しっぽが一本しかなかったらどうしようかと思ってたんだ」

それはたしかに、仔には長生きして欲しいと願っている。けれどその言葉は、八緒が自分たち父仔よりずっと短い年月しか生きられないことを焔来に突きつけ、言葉が出てこなくなった。よかった、とはとても口にできないまま、八緒を胸に抱き寄せる。

……と。

「ん……？」

八緒の肩越しに彼の背中を見て、焔来は目を疑った。

「……は、八緒……っ」

「うん？」

「しっぽが……」

「しっぽ？」

「おまえいつのまに猫又になったんだ……⁉」

「え……？」

八緒は怪訝そうにちらりと背中に視線を向けた。そして呆然と呟く。

「しっぽが、二本……？」

いつのまにか八緒の黒いしっぽが、二本に増えていたのだった。

焔来もすぐには見たものを信じることができず、両手で一本ずつ摑んで引っ張ってみれば、

「ひゃうっ、ほ、焔来、……ひゃっ⁉」

八緒は悲鳴をあげて鳥肌を立てる。両方とも八緒自身の身体から生えている本物に間違いないようだった。

「……本物、だな」

「……焔来の霊力が移ったのかな？」

はは、と八緒は笑うが、笑いごとではなかった。焔来はその存在をたしかめるように、何度もしっぽを撫でた。

「ほ、焔来、そそそれ、やめ」

ひどくぞくぞくするらしい。八緒は涙目で訴える。

「……もしかして、寿命が延びたんじゃないか……？」

しっぽの数は霊位に比例し、ふつうは一本で、だいたい百年くらいの寿命にあたる。九尾狐家の世継ぎが九本のしっぽを持って生まれるのは特例中の特例だが、まれに猫又などは途中で二本に割れることがある。

八緒は今でも猫の姿をしてはいるが本当は狐で、猫又になるはずはないのだが……焔来の仔を産んだ影響で霊位が高まり、寿命も延びたのだとしたら。

「――ふたり目をつくるぞ、八緒！　回復したらすぐだ」

ひとりで一本増えるのなら、あと七《しち》にん産ませれば、八緒は焔来と同じだけの寿命を持つことができるのかもしれない。

焔来はぱっと目の前が開けた思いだった。

「は？　え？」

八緒は戸惑いもあらわに目をぱちぱちさせている。

「さっきは二度とごめんとか言ってなかった？」

「事情が変わったんだ」

八緒はまだよく呑み込んでいないようだ。まあいい、ぬか喜びさせる可能性がある以上、はっきりわかってからちゃんと説明してやればいい。

「あ、やっぱ仔狐見て気が変わったんだろ？　この仔、ほんとに可愛いよな」

仔狐を焔来の腕に抱かせ、頭を撫でてくる。

（そういうわけではない）

だが、頭を撫でてくれる八緒の手は心地よい。

されるがままになりながら、焔来はただ、八緒とずっと一緒に生きていけるかもしれない未来を思っていた。

九尾狐家妃譚 ～その後の褥～

「え……っと、ひさしぶりだね」

焔来《ほむら》と八緒《はちお》とは、神仔宮《みこのみや》の奥まった場所にある、八緒の部屋の褥《しとね》で向かい合って座っていた。

「ああ」

ひさしぶりに会ったというわけではない。毎日顔を合わせてはいる、どころか一緒に眠ってさえいるのだが。

今夜は侍医長から許可が下りた解禁日なのだった。

「なんか、照れるね」

「まあな……」

八緒が仔狐《こぎつね》を産む前から大事を取っていたし、出産後はなおさらで、こうしてきちんと抱き合うのは、本当にひさしぶりのことなのだった。

「……八緒」

肩を抱き寄せられ、口づけられる。何度も啄《ついば》まれ、舌を絡められると、すぐに腰の奥がざわざわしはじめた。

「ん、ん……」

無意識に手が下へ伸びる。焔来の着物の裾《すそ》を割り、指先でくすぐる。

「……こら、遊ぶな」

くく、と八緒は喉《のど》で笑う。

「すっごいね。キスだけでばきばき。——そんなにしたかった？」

「ばか、黙れ」

「浮気しなかったからだよな。いいこ」

猫の喉を掻《か》くようにカリの下を撫《な》でてやれば、ぴくりと震えてさらに角度を増す。

「するわけないだろう。まったく……」

ふふ。と笑って、咥《くわ》えようと顔を近づけると、顎《あご》を摑《つか》んで止められた。

「今日はいい」

「そ？」

まあ、それもそうか。禁欲期間中も、口や手ではそれなりにしてきたのだ。解禁になったのなら、もっと違うことがしたいと思うのは当然だった。

焔来はどさりと八緒を寝床へ押し倒してくる。

「そういうおまえはどうなんだ？」

「え、浮気疑う？」

ついこのあいだまで自分の仔を孕《はら》んでた俺に？　と見上げれば、焔来はぴくりと眉《まゆ》を寄せた。

「そうじゃなくて。ここが……疼《うず》いたりしなかったのか？」

「んっ……！」

指先でつつかれ、八緒は息を詰めた。そのまま撫でられると、窄《すぼ》まりが緩み、とろとろと溶けていくような心地《ここち》がした。

「疼かないわけ、ないだろ……っ。さっきキスしてたときから、奥がぞわぞわしてたまんなかった。……焔来……」

彼の首に腕を回して誘う。

焔来は潤滑油を取り出す。

「それ、どうだろ……いらないかも。緩くなってると思うし……」

出産したんだからと八緒は一応言ったが、焔来はかまわずてのひらに罎《びん》を傾ける。そのとろりとした油を見るのもしばらくぶりのことだった。

（なんか……凄《すご》くやらしいな……）

そう思うのは、それだけ欲情しているということなのだろうか。

焔来の手が腰骨をたどり、尻にふれる。それだけでも息が乱れた。後ろの孔《あな》を揉《も》み込むようにして指を挿《さ》し入れられた。

「んっ……」

「……そうでもないみたいだな」

というのは、中の具合のことだろうか。緩くなっていないのならよかった。

「……痛くはないか」

「ん……っ、うん……っ」

焔来の長い指で、ぐちぐちと探られる。そこは禁欲中ずっと禁域になっていたし、自分でもふれていなかった場所だった。

「はあ、ああ……っ」

どんなにさわって欲しかったのか、八緒は思い知る。内部の襞《ひだ》をそっと撫でられるだけでも、声が止まらなかった。

「焔来、も、もうい……っ」

両脚を思いきりひろげ、指を受け入れた孔も、自分が硬く勃起《ぼっき》して震えているのもすべて焔来の眼前に晒《さら》してしまっている。それがひどく恥ずかしかった。いっそ早くとどめを挿して欲しいのに。

「何を言っている。まだだめだ。ひさしぶりなんだから、しっかり慣らしておかないと」

「ひうぅっ……！」

中の一番感じるところにふれられて、八緒は背を撓《しな》らせた。

「ここだったたな」

「はぁあッ……あぁ、あぁぁ……っ」

「前より腫《は》れてるんじゃないか……？」

そんなはずはないと思うものの、いつもよりひどく敏感になっているのは否めなかった。

焔来はそこを二本の指で撫でまわす。

「いや――っ……」

思わず悲鳴をあげてしまう。そこでようやく焔来は手を止めてくれる。

「いや？」

と問いかけてくる焔来は怪訝《けげん》そうだ。今までどんなことをされても、八緒は滅多にいやなどと言ったことはなかったからだろう。

「だって……」

喘《あえ》ぎながら八緒は言った。

「感じすぎて、どうにかなりそう」

「なればいい」

と、焔来は言うけれども。

八緒は首を振った。じわりと涙が滲《にじ》んでくる。

「でも、ゆ、ゆび、そこさわってるだけでいっちゃう……っ」

「いけばいい。いくところを見せてみろ」

中で指を曲げられた途端、身体が跳ねた。

「はう、あ、あ、あぁ……っ！」

何カ月ぶりかに味わう感覚に、思いきり背を撓らせ、それだけで八緒は達していた。びくんびくんと白濁を吐き出す。そんな姿もすべて見られていると思うと、恥ずかしくて全身が真っ赤に染まるのがわかる。

思わず顔を隠した腕を、焔来に剝《は》がされた。

「焔来……」

はあはあと息を乱しながら、焔来の腰に脚を絡める。

「もう、奥が疼いて、……疼いて」

我慢できない。

「八緒……っ」

両脚を抱え上げられ、切っ先を宛《あて》がわれる。彼の熱を感じた瞬間から、どきどきと激しく鼓動が高鳴った。後孔が勝手に収縮して、焔来を求めているのがわかる。

先端がずぶりと中へ入り込んできた。

「あ、あ——っ……！」

「……っ」

八緒の肉襞は、きゅうきゅうと焔来を絞り上げる。焔来は息を詰め、ぎりぎりで持ちこたえたようだった。

「焔来……」

「……大丈夫か……？」

「ん、うん……っ、……焔来の……っ」

「ああ？」

「今日のが、今までで一番おっきい気がする……」

「ばか」

抽挿《ちゅうそう》がはじまる。緩かった動きがすぐに速くなって、狭い筒を擦《こす》り上げ、こじあける。

「ああ……焔来、焔来……っ」

苦しい、でも気持ちよくてたまらない。

本当は、より辛《つら》かったのは八緒のほうだったのかもしれなかった。腹に仔がいたあいだはともかく、生まれてからは中が疼いて眠れないことも多かった。焔来のものを咥えれば、腰を揺らさずにはいられなかった。

「あ、あ、奥……っ、そんな、ぐりぐりしたら」

「痛いのか」

八緒は首を振る。

「き、気持ちよくて……っまた……っ」

「八緒……っ」

中で焔来が自らを解き放つ。

どくどくと注がれる感触に、八緒は酔い痴《し》れる。搾《しぼ》り尽くそうとするかのように焔来を食い締め、八緒もまた二度目の絶頂を迎えていた。

*

「……気持ちよかった……」

吐息とともに、八緒が呟《つぶや》いた。

焔来は何度目かの精を注ぎ、八緒も達《い》かせたところだった。見下ろせば、八緒はぼうっと潤んだ瞳《ひとみ》で頬《ほお》を火照《ほて》らせている。

(……可愛《かわい》いな)

しかもいろっぽい。

見ているだけで、また身体に火が点《つ》いてしまいそうだった。

さらに八緒は、

「今も……中、入ってるだけで……気持ちいい」

などと口にするのだ。八緒の奥に埋めたままのものが、ぴくりと跳ねてしまう。

「……煽《あお》るな」

たしなめると、八緒は笑った。

——またすんの？

という顔で見上げてくる。

（くっ……）

「……いや、あんまり急にいっぱいするのも……」

産後の身体に障るかもしれない。

「うん……だよな」

「と言いつつ、このナカはなんだ」

きゅうきゅうとうねるように締めつけてくる。そんなことをされたら、ただでさえまた暴走してしまいそうな身体《からだ》を、抑えていることができなくなってしまう。

「だって……挿入《はい》ってると気持ちよくて、自然になっちゃう、……焔来だって、おっきくしてるじゃん」

「……っく」

八緒は吐息をついて、焔来の腰を両脚で挟みつけてくる。

「も……もっかいだけしない？」

誘惑に、焔来はごくりと唾《つば》を呑《の》み込んだ。

「……ああ。……もう一回だけ」

「すぐ、いかないようにして、ゆっくり」

「ああ」

そう答えたものの、緩い動きで堪《こら》えていられたのは、わずかのあいだだけだった。八緒の声に煽られるように奥を何度も抉《えぐ》り、突き上げる。

「あぁ……っ！」

数度目に達した八緒に締めつけられながら、焔来もまた精を放つ。

「……お腹《なか》ん中いっぱい……」

と、八緒は呟いた。

「また孕《はら》んじゃうかも」

「え」

八緒の胸に突っ伏し、余韻に浸っていた焔来は、その科白《せりふ》で思わずぎくりと顔を上げた。

すぐ次を産めとは言ったものの、八緒が孕めば、またすぐ禁欲生活がはじまってしまう。

(それは……いや、八緒の寿命が延びるのは嬉しいが……)

しかし、やっと解禁になったのだ。ふたり目はじきにつくるとしても、そんなにすぐでなくてもいいのではないか。八緒の身体の負担もあるし、一年か、二年置いても……。

（いや、しかし）

焔来の心は千々に乱れる。

固まる焔来を見上げて、八緒は噴き出した。

あとがき

こんにちは。「九尾狐《くびこ》家妃譚《けきさきたん》～仔猫の褥～」をお手にとっていただき、ありがとうございます。鈴木あみです。

今回はもふもふです！　もふもふ大好きなのです。やわらかいミミとしなやかでもふもふしたしっぽ。もふもふいいですよね！　もふもふもふ。

男同士でも、種族が同じなら仔どもがつくれる、でも異種族間ではつくれない世界のお話です。

絶対に世継ぎを儲けなければならない身分の攻の焔来は狐族。猫族の八緒は焔来の仔狐を産むことができないため、たとえどれほど溺愛されても彼の妃になることはできない。そんな中で密かに関係を続けながら、彼を思い続ける八緒はやがて、焔来とのあいだには授かるはずのない仔を身籠るが……。ハッピーエンドです。

イラストのコウキ。様。以前から、可愛らしく繊細で華やかな絵が大好きでしたので、今回描いていただけて凄く嬉しかったです。ありがとうございます。ラフも何通りも描いていただき、大人絵は勿論ですが、ちび絵がもう可愛くて可愛くて、ぜひ読者の皆様にも見ていただきたかったので、今回掲載許可をくださって本当にありがとうございました！　次回も何卒よろしくお願いいたします。

担当さんにもいつもどおり大変お世話になりました。でも若干いい子でしたね！　次回も頑張りますので、どうかよろしくお願いします。

ここまで読んでくださった皆様にも、心からありがとうございました。また次の本でもお目にかかれましたら、とても嬉しいです。

鈴木あみ

ハネケル
ヘアー
かがやくにのうで✧
ムラァ…
ほわ
パターン3▼
シャツ＋着物
＋袴
特にご指示
なければ
これでいきます
暑い日やそうじの時は
着物ぬいでシャツだけになったりしそう
シャツはノースリーブ・半ソデ・七分袖etc…
足元は
外出時は
ブーツ、室内では
サボっぽい、ぬぎやすいクツ
（火焔来に押し倒された時
脱ぎやすいように）
そどいう形…。
八緒（外見18歳↑↓）
◦黒髪黒目
◦ハチワレ
◦ねこしっぽ1本（→2本）
あとづけポケット
袴の内側に根付など
入れられる
腰板はあるけど ヒモの太さは女袴で
後ろヒダは1本
火焔来のみ
徽章
白
金フリンジ（前後）
制服
ブレザーっぽくも
着られる
中はシャツ
ポッケ
耳は右側の方がちょっと
目っぽい
ここはトーン
もの内側と
えりあしらへんは
黒髪
シャツ＋ベスト＋パンツ
家着
イメージとしては
呉服屋のセガレ…的な
着物袴＋羽織（ぼんぼんがついている）
緑郎
（外見20歳↑↓）

ひざ丈くらいの
浴衣
前風の袴
着てはいるが
片方のカタは
おとしてる
カオまわりの
ファンタジー感が
弱いので 着かけの
すべりどめクリップ
のポンポン
(ウラにクリップ
がついていて
ユカタと
丹前を
はさんでる)
毛束と毛先少し
モフッとする
ように描く
足元はぞうり
焔来（外見18歳↑↓）
◦銀色の瞳
◦髪はホワイトゴールド
→プラチナブロンド
◦しっぽ九本
小さい頃は
えり足がない
身長差
◀パターン1
水干＋袴
(正装っぽい?)
パターン2▶
着物＋袴
むすこ
↓

鈴木あみ先生、コウキ。先生へのお便り、
本作品に関するご意見、ご感想などは
〒101-8405
東京都千代田区神田三崎町2-18-11
二見書房　シャレード文庫
「九尾狐家妃譚～仔猫の褥～」係まで。

本作品は書き下ろしです

CHARADE BUNKO

九《く》尾《び》狐《こ》家《け》妃《きさき》譚《たん》～仔《こ》猫《ねこ》の褥《しとね》～

【著者】鈴木《すずき》あみ

【発行所】株式会社二見書房
東京都千代田区神田三崎町2-18-11
電話　03(3515)2311[営業]
　　　03(3515)2314[編集]
振替　00170-4-2639
【印刷】株式会社　堀内印刷所
【製本】株式会社　村上製本所

落丁・乱丁本はお取り替えいたします。
定価は、カバーに表示してあります。

ISBN978-4-576-15143-4

http://charade.futami.co.jp/

CHARADE BUNKO

今すぐ読みたいラブがある!

鈴木あみの本

おとなになったら、俺のところにお嫁においで

九尾狐家異類婚姻譚 ～黒い瞳の花嫁～

イラスト＝コウキ。

炯都は九尾狐王家の王仔であるにもかかわらず黒い被毛の一尾。成じんの儀式・お添い伏しを迎えるが、寝所に現れたのはドラゴネアの王仔アレク。彼の真意もわからないまま純潔を奪われ…。

おまえにしあわせでいて欲しいんだよ

九尾狐家双葉恋日記 ～掌中の珠～

イラスト＝コウキ。

お添い臥しを間近に控えた九尾狐王家の双仔、灯織と燐紗。兄の灯織が消極的なのに対し、弟の燐紗は興味津々。灯織は随身の柾綱と、燐紗は一族の将為と恋に堕ちるけれど…。